BANA SENİ SEVİYORUM DEME HİSSETTİR

MİRAÇ ÇAĞRI AKTAŞ

OLİMPOS

Bana Seni Seviyorum Deme Hissettir
Miraç Çağrı Aktaş

Redaksiyon: Olimpos Yayınları
Bilgisayar Uygulama: Olimpos Yayınları
Kapak Tasarımı: Olimpos Yayınları

20. Baskı: Nisan 2016
ISBN: 978-605-65407-9-0

OLİMPOS YAYINLARI
Maltepe Mah. Davutpaşa Cad. Yılanlı Ayazma Yolu No:8 K:1 D:2
Davutpaşa / İstanbul
Tel: (0212) 544 32 02 (pbx) Sertifika No: 13718
www.olimposyayinlari.com info@olimposyayinlari.com

Genel Dağıtım: YELPAZE DAĞITIM YAYIN SANAT PAZARLAMA
Maltepe Mah. Davutpaşa Cad. Yılanlı Ayazma Yolu No:8 K:1 D:2
Davutpaşa / İstanbul
Tel: (0212) 544 46 46 Fax: (0212) 544 87 86
www.yelpaze.com.tr

Baskı: İnkılap Kitabevi Yayın San. ve Tic. A.Ş.
Çobançeşme Mah. Altay Sk. No:8 Yenibosna / İstanbul
Tel: (0212) 496 11 11 Sertifika No: 10614

BANA
SENİ SEVİYORUM DEME
HİSSETTİR

MİRAÇ ÇAĞRI AKTAŞ

OLİMPOS

Annelerin ölümsüz olduğu bir gezegende
Yeniden doğmak istiyorum.
Melekler ölümsüzdür...

Giriş

Herkesin yastığının yanında hayat vereceği bir başucu kitabı olmalı hayatında. Ona dokunduğunda duygularını, hislerini, kalbini hissedebileceği.

Tüm dünyadan kendini soyutladığında, onun kapağını okşadığında tüm sıcaklığı o dokunuşta hissedebileceği.

Belki bu kitap o kitaptır. Bu kitap senin başucu kitabındır. Belki aynı acıları paylaşıyoruz, aynı duyguları sabitledik içimize. Aynı şarkıyı dinlemişizdir belki. Aynı anda kahvemizi yudumlamışızdır.

Belki bu kitap sana söylemek istediğin ancak söyleyemediğin şeyleri söylemeye gelmiştir.

Sana hislerini hissettirmeye gelmiştir.

Doğru ya, biz duyguları duygusuz insanlar tarafından yok edilmiş kalpleriz. Acılarımız ortak.

Herkesin bir kalp ucu sevdiği olmalı hayatında taşıdığı. Her nereye giderse gitsin, onu da kalbinin ucunda taşıyabileceği. Yaşadığı her şeye, nefret ettiği ne varsa onlara güzel bir bakış açısıyla bakmanızı sağlayabilecek biri olmalı gülüşlerinizin altında.

Onu görmeseniz bile sarılamıyor olsanız dahi sizi endişeye sokup "Sahi beni seviyor mu?" şüphesiyle zamanınızı ömrünüzden almayacak birisine adamalısınız hislerinizi.

Kaybetme korkusuyla, kalbinizi bazen sıkıştıran bazen de an gelip durmasına sebep olacak bir his yatmalı içinizde. Ellerinizin onun ellerine göre tasarlandığını hissetmelisiniz.

Kafanızı yastığa koyduğunuz da gözlerinizi yumduğunuz her an karşınızda onu görebileceğinizi unutmamalısınız.

Etrafınızda işittiğiniz her sesi, onun sesine benzetmelisiniz. Hapşırdığınızda çok yaşalar onunla yaşamalı. Ve bazen çok yaşalar yerine, çok sevler olmalı.

Benim de hayatımda taşıdığım kalp ucu insanı sizlersiniz. Ben içimdeki acıyı, mutluluğu, pişmanlığı hep size döktüm.

Beni siz anladınız. Sizin iç sesiniz, söylemek istediğiniz ancak söyleyemediğiniz şeyleri size söylüyor.

Ve bunu sizin yerinize çoğu zaman ben yapıyorum. Bu kitap senin başucu kitabın. Yalnız uyuma diye. Ve sen benim kalp ucumda taşıdığımsın.

İç sesim sensin.
Size dökülüyorum ben de.
Beraber toplarız diye,
Çayı koydunuz mu?

Bir kadının en güzel makyajı,
Gülüşünde sakladığı erkektir.

Ben henüz üç yaşındaydım. Yaşanılan hiçbir şeyden haberdar değildim. Çocukluğum çok sorunlu geçmişti. Herkesin yaşadığı sorunlar vardır elbet. Lakin benimki bayağı ağırdı. O anlarda bile farkında olduğum bir şey vardı. Ben üç yaşındayken bile yanımdan varlığını bir an olsun eksik hissetmediğim annem...

Kendini bildim bileli hayatla mücadele etti. Ben ayaklarımın üzerinde durmayı ondan öğrendim. Her ne olursa olsun, onu örnek aldım kendime. Hayat bana nasihatlerini dinleyebileceğim bir baba vermemişti.

Benim annem de annemdi, babam da annemdi. Ben cennetin anne yüreğinden oluştuğunu düşünüyorum. Cennetin eş anlamlısıdır anne...

Bir de kız kardeşim vardı. Annem beni ve kardeşimi kendi ayaklarımızın üstünde durmayı öğreneceğimiz ana kadar hiçbir zaman yalnız bırakmadı. Bir babanın yapması gereken, ancak yapmadığı çoğu şeyi yaptı. Bazı adamlara kadınların taşıdığı yürekten vermek lazım. Vermek lazım ki, adamlığı öğrensinler. Özellikle bir anne yüreği...

Kadın başına, o yüreğiyle beni ve kardeşimi yetiştirdi. Anneme sevgimi belli etmekten çekinirdim her zaman.

Bir kız için babanın önemi büyüktür hayatta. Çünkü ilk güveni hissettiği yer babasının kucağıdır, kokusudur. Zamanla onun da nasıl hissettiğini anlayabiliyordum.

Çoğu zaman hayat bize en ağır oyunlarını oynadı. Bu zamana kadar babama ihtiyaç duymadım.

Kardeşim belli etmese de hissediyordum.

Ve daha anlatmadığım birçok şey...

Annem işten akşam saatlerinde gelirdi eve. Evimizin ana caddeye bakan bir odası vardı.

Annemin geleceği zamana doğru pencereden dışarıyı izler, onun gelmesini beklerdim. Her akşam bana gelirken yirmi beş kuruşa satılan kurabiyelerden getirirdi. Her akşam bunu yapardı. Hiç aksattığını hatırlamıyorum. Beni bu çok mutlu ederdi. Benim en sevdiğim şeydi annemin bana gelirken aldığı o kurabiye. Ben o kurabiyeyi yerken bile sofra bezi serdirirdi bana.

Alt tarafı yirmi beş kuruşluk bir kurabiye kadar anlam yüklüydü ki benim için. Hâlâ gider marketten alırım. Çünkü hayatımda en çok sevdiğim şeyleri bana annem sundu. İlk bisikletimin olduğu günü, hastanelerde gözümü açtığım günlerde, karşımda onu görüşümü hiç unutmam.

Hayat her insana farklı oynar oyununu.

Ama bazı babaların, annelerden öğreneceği çok adamlık var.

Ne kadınlar tanıdım, tanıdığım adamlardan daha adamdı. Bunlardan birisi de annemdi...

Kadın Ve Hisleri

Sevmeyi bilen bir kadının kalbi, cennetin giriş kapısıdır. Bu yüzdendir cennetin annelerin ayakları altında oluşu... Kadın gitse de aşktır, gelse de.

Sevmeyi en güzel şekilde becerebilen kadınların sevgisini nefrete dönüştüren adamlar var. Sevdiği adam için her türlü mücadeleden kendini esirgemeyen kadının sonu, saçlarını kesmesi olmuştur her zaman. Zaten her aşkın sonunda olan kadının saçlarına olur.

Neden yapıyor peki bunu kadınlar biliyor musunuz? Bir zamanlar canından çok sevdiği adama ait bir şeylerin kendisinde bulunmasını istemedikleri için.

Kadının sevgisini nefrete dönüştürmeyen adamlar sevmesini iyi bilir. Sevmek nedir bilen bir adam o kadının kıymetini de güzel bilir. Sevmesini bilen kadınla, sahip çıkmasını bilen bir adamdan var mıdır daha güzel seveni?

Güzel kadın sevdiği adam için her şeyi göze alabilen kadındır. Adamlık ise kadının her ihtimali göze aldığına değen bir kişilik taşıyor olmasıdır.

Sevdiği adam için çaba sarf eden kadının sevgisine doyum olmaz. Sevdiği kadının kendisi için çaba sarf etmesini sağlayabilen erkeğin de aşkına...

Ben senin sarf ettiğim çabalarına değen bir adamdım, taşımadı beni senin gönül terazin. Ya kaldıracak güce sahip değildi. Ya da ben sana sahip değildim.

Ben sana bir şiir yazıyorum, günde iki kez aşk karına alırsın;

İçimin acısını sana anlatmak,
Beni sana dökmek,
Ne mucizevi...
Kimsenin haberi yok,
Sessiz hazmettim gidişini.
Kimsesizce sevdiğim gibi...
Eğer bir gün olur da,
İçimin acısını hissedersen başka bir kalpte,
Anlarsın...
Aklına ben gelirim,
Ağlarsın...

Sevdiğiniz insanı
Başkasına gülerken hiç izlediniz mi?

Ben izledim. Hem de birçok kez. Benim hayatım sevdiğim insanların başkalarıyla olan mutluluğunu izlemekle geçti. Hepimizin isteği sevdiğimiz insanın bakışlarına esir olmaktı belki de. Ancak bazen öyle bir an gelir ki, sevdiğinizin başkasıyla mutluluğunu izlemek zorunda hissedersiniz kendinizi. Nefesiniz kesilir. Ağlamak gelir içinizden ama ağlayamazsınız. Kelimeler boğazınızda düğümlenir.

İçinizdeki en güzel hislerin sahibinin kaybına şahit olursunuz. Bir daha sevmek gelmez içinizden, ona ait umutlar ölürken...

Onun başkası için acı çektiğini gördüğünüzde, sizin onun için çektiğiniz acının hiçbir önemi kalmaz. Hem de bu acıyı iliklerinize kadar hissetmişken...

Size sunması gereken çok güzel bir mutluluk varken, acıyı canınızın içine nakış gibi işleyen insana daha fazla anlam yüklemeye gerek yok.

Anlam bozukluğudur o.

Öznesi her ne kadar da "siz" olsanız da bir önemi yok. **Artık cümlelerimin öznesi; ben, sen, siz, onlar...**

Belki de aşk;

Size acıyı iliklerinize kadar hissettiren insanı, başkasına gülerken izlemekti. Bu herkesin filmiydi.

Herkes izlemek zorunda mıydı peki bu filmi?

Bu filmin başrolü sensin. Figüranı da sizin gülüşünüzü uzaktan izleyen ben.

Olur da bir gün anlarsan beni, sevdiğinin başkasına gülüşünü izleye izleye de seversin...

Ben senin bana ait olmayan gülüşlerini üzerime alınacak kadar aptal bir figüran.

Size iyi seyirler.

Bu film burada biter.

Senin için yapraklarından vazgeçebilecek papatya dururken, başka çiçeklerde arama kendini.

Kadınlar papatyalara benzer. Sevilme ihtimali varsa da yaprakları koparılır. Yoksa da. Sevmesini bilmeyen adamlara bazen sapı kalır. En kötüsü de seviyor çıktığı halde sapının kalma ihtimalidir elinde. Buna rağmen sevmekten vazgeçmeyen adam o papatyayı başının tacı yapmasını da bilir. Ki bazı kadınların bazı adamların güzel bir kalbe sahip olduklarından haberleri yok. Geçmişte kırılan güveni kulağına küpe olmuştur kadının. Ve o küpe taktığı çantasına, sürdüğü ojeye çok uyumludur artık. Karşısına onu çok sevebilecek bir adam çıksa bile o küpeyi çıkarmak istemez kulağından.

Ben bir kadın tanıdım, kulağındaki o küpeyi çıkarmasına onu ikna etmiştim. Ve o böyle daha güzeldi. Benimle...

Ön yargılarından, korkularından uzaklaştırmıştım onu.

Her kadın korkar, canından çok sevdiği adamı kaybetmekten.

Kimi, güveni ilk tattığı babasını kaybetmiştir ve o an kıymıştır diğer erkeklerin cenaze namazını...

Ben diğer kadınları seninle aldattım.

Bana bir tuzlu kahve borçlusun...

Sen yokken canıma okuyor şarkılar ve heceledikleri senin bende bıraktığın acılar oluyor. Karanlık bir başka giyiyor siyahını üzerine. Daha başka oynuyor hayat oyunlarını. Martılar yediği simidi kusuyor. Çay soğuyor. Vizyona izlenmesi gereken filmler giriyor.

Yürümemiz gereken sokaklar çoğalıyor. Cherry domatese zam geliyor. Yaşanması gereken aşk sığ sularda boğuluyor. Ve ben yüzme bilmiyorum. Her ne kadar da suya düşen hayallerimin içinde çırpınsam da bilmiyorum işte. Neden gittin onu bile bilmiyorum. Ve ben gidişinin bileti olarak senden umutlarımı kestim.

Çoğu zaman suya düşen hayaller vardır, bunun sorumlusu ne sudur, ne hayaller. Hak etmeyen insanlar üzerine kurulan hayallerin hiçbir kabahati yok. Hata bizde. Bazen o kadar gerçekçi geliyorlar ki onlara inanmış halde buluyoruz kendimizi.

Oysa ben seninle kır pikniği yapmak istemiştim en çok. Akşamdan hazırladığın kurabiyeleri yiyebilme ihtimalini düşünürdüm.

Ama artık gelsen de fark etmez. Cherry domatese zam geldi. Kalbime de. Bir zamanlar ucuz mu ucuz duygularınla sahip olduğun kalbe, önüme adam gibi sevgi de sunsan giremezsin.

Bazen elimizden giden şeyin değeri gittiğinde artar. Bazen bir gidiş bir insana çok şey katar. Bazen hiçbir değere sahip olmayan şeylere paha biçilmez oranda değer biçeriz.

Yerini yadırgadığın bu kalp,
Bir gün karşına çıkıp senden hesap soracak.
Ve sen tek bir cevap bile veremeyeceksin.

Yarım kaldığımı falan düşünmedim hiçbir zaman. Beni tamamlamayı başaramamış biri, nasıl yarım bırakabilirdi ki?

İnsanı böyle salakça bir duruma düşürdüğün için teşekkür ederim aşk.

Bir gün seni yeneceğim. Belki şu an da beni yenmiş olabilirsin. Ama annem gibi sevebileceğim bir kadınla tekrar çıkacağım karşına:

"Ve al, bu benim kadınım. Sıkıysa bunu da al benden! Her geleni götürdün, bunu da götür." diyeceğim.

İkimiz de seni yenebilecek güce sahip olduğumuz zaman, belki korkundan çıkamayacaksın karşımıza.

Göğüs kafesini yastığım olarak gördüğüm kadınla beni yenebilecek güce sahip olduğunu sanmıyorum.

Aşk olsun sana, aşk...
Bana hiçbir zaman uğramadın.

Seni yeneceğiz.
Maziden kalma bir iz...
Onu benden almasaydın, sana gelecektik biz...

Sen aşk değilsin, aşk gülüşün...

Kendini sahte sevgilere alıştırmış insanların sizi sevmesini beklemeyin. Zira onların kalbi bile kendilerine yalan söylüyor. Bundan bile haberleri yokken sizi mi sevecekler?

Güldürmeyin beni. Hiçbir zaman gerçek sevgi nedir tatmamış yüreklerde çok sevilmeyi beklemeyin. Yanlış durakta bekliyorsunuz.

Aşk buradan geçmez.

Çok seversin. O kadar çok seversin ki, çok kelimesi olabildiğince az kalır. Hani sevilmesen de onun gerçekten seni sevdiğine inandırırsın kendini.

Sağır duymaz uydurur işte.

Bazen neye inanmak istediğimizi şaşırırız. Neye inanmak istersek ona inanmak mecburiyetinde hissederiz kendimizi. Çünkü diğer ihtimalleri öldürürüz kafamızda. Bazen sevilmediğin gerçeğini göremeyecek kadar kör yapıverir hayat seni.

İşin içinde aşk varsa güzel adam, böyle sağır da olursun kör de. Çünkü sevmek bunu gerektirir. Bitti dediğini duymayacak kadar sağır, onun seni sevmediğini görmeyecek kadar kör olursun.

Ben bir yalan uydurdum. Ama kendime. Sana veya bir başkasına değil. Beni çok sevdiğin yalanını kabullendirdim kendime.

Buna senden çok ben inandım. Ben hep sana kandım.

Sen kapanmayan yaramdın.
Ve ben bu yaraya ilaç niyetine seni yazdım.

Günde seni aşk karnına üç kez seveceğim.

Sabah
Kendini doğmak mecburiyetinde hisseden güneş misali.

Öğlen
Öyle ölesiye...

Akşam
Ezandan önce,
Çocuğunun evde olmasını isteyen bir anne gibi tedirgin...

Olur da yürürken bir rüzgar çıkar,
Saçını toplayacak olursun,
Tokanı tutarım ümidiyle geldim hep seninle buluşmaya...

Kısaca onu sevdiği her şeyden kıskanıyorsunuz. Sonra alışıyorsunuz birbirinize. Her şey güzel gidiyor. Zamanla solunuzda daha önce böyle bir devrim yapılmadığına inandırıyorsunuz kendinizi.

Onun kendiniz için yaşamaya gönderildiğini düşündüğünüz zamanlar bile oluyor. Onu meydana getiren anneye, babaya milyonlarca kez teşekkür ettiğiniz günler oluyor mesela.

Oluyor da oluyor...

"Biz ne yaşarsak yaşayalım, için ne zaman sıkılırsa sıkılsın, seni dinleyecek birine ne zaman ihtiyacın olursa ben buradayım..."

En zor dönemin gelir... Sadece bu cümleleri hatırlamakla yetinirsin. Ve sen, en zor zamanını tek başına geçirirsin.

En zor dönemlerinizi tek başınıza geçirdiğiniz günleri unutamazsınız. Çünkü izi kalır.

Hiç unutmuyorum, hayatımın en zor dönemlerini tek başıma geçirmiştim. Bu dönemde en çok ihtiyacım olan insanların bana sırtını dönme oyunu sanki daha önceden tasarlanmış gibiydi.

Hani en zor anında en çok ihtiyaç duyduğun insan yanında olmaz ya, öyle...

Sadece biraz yanımda olduğunu hissettirseydin eğer, 'Ne olursa olsun seni sevmeme değer.' derdim kendi kendime.

Ve sen, hayatımın en zor zamanında yanımda yoktun. Hem de sana ihtiyacım olduğunu bile bile.

Seni bu yüzden asla affetmeyeceğim.

Zor zamanlarınızda sizi yalnız bırakan insanları affetmeyin. Çünkü en zor anında yanında acını paylaşmayanın, mutluluğuna ortak olmasına gerek yok.

Fazlalık ağırlık yapar.

Daha kendi yükünü taşıyamazken, başkasının ağırlığını taşımak bir anlam ifade etmez.

Değecek olsaydı, sen zaten onu kalbinde taşırdın.

İnsanın kalbi kendine ağır gelir mi?

Geliyor işte...

Bak!

Kalbim bile bana ağır geliyor, cherry domatese zam geliyor, Teoman müziğe geri dönüyor.

Ama sen artık gelme. Teoman'ın da dediği gibi:

"Birlikte ama yalnız, iki yabancı." olarak kalalım biz.

Her insanın hissettiklerinin şarkısı olmalı.
Benim hissettiklerimin şarkısı senin sesindi...

Çok seviyordum onu. Artık benim olmasını istiyordum. Çünkü çok güzeldi. En azından benim sevgimle. Anneme dedim, anne affet...

Senden sonra sevdiğim ikinci bir kadın oldu. Kendimi buldum onda. Artık gidelim şunlara bir kahve içmeye dedim. Annem gülerek tebessüm etti. Neyse ikna ettim annemi. Aldım çiçeği, çikolatayı. Tuttum annemle sevdiğimin evinin yolunu. Malum, babam da annem, annem de. Kalbim sanki yerinden fırlayacak gibiydi. Evlerinin olduğu sokağa yaklaştığımız her adımda kalbim yerinden fırlayacak gibi oluyordu. Hayatım boyunca böyle heyecanlandığımı hatırlamıyordum. Sanki koşmak istiyordu ayaklarım. Ve evlerinin kapısının önüne geldik. Tam zile basarken göz göze geldik annemle. Ve ben zile bastım.

Kapıya babası çıktı, babasının arkasında da sevdiğim vardı. İçi gülüyordu gözlerinin. Bunu görebiliyordum. **Gerçekten seven kadının güzelliğini sevdiği adama baktığı gözlerinden anlayabilirsiniz.** Sevdiği adama bakarken içi güler gözlerinin.

Pek konuşma fırsatımız olmamıştı babasıyla. Tam anlamıyla beni tanımıyor kendisi. Haliyle annesi hâkimdi bu konuya. Genellikle annelerine anlatır kadınlar sevdiği adamı. Erkeklerde böyledir mesela, sadece annesine anlatır sevdiği kadını.

Karşılandıktan sonra içeri geçtik. Oturuyoruz hep beraber. Babasının gözü üzerimde tabii. Ben de heyecanlıyım ama belli etmiyorum.

Üzerimde tarifini edemediğim bir stres vardı. Bu arada sevdiğim de kahveleri yapıyor içeride zannedersem.

Biz zaten konuşmuştuk önceden. O bana kıyamaz. O yüzden tuzu az atacaktı benim fincanıma. -Amaan neyse, babası yeter ki verdim gitti desin, ben tuzu paketiyle yerim-Kahveler içiliyorken, babası "Ne işle meşgulsün?" diye sordu. "Kızınızı sevmekle meşgulüm efendim." dedim.

Şaşırarak, "Nasıl?" dedi. "Bildiğiniz hiçbir işim yok. İşsizim ben. Ama yatıp kalkıp kızınızı seviyorum." dedim. Hafiften güldü. Vermeyeceği varsa da vermeliydi artık. "Bakın bey baba. Kızınızın taşıdığı soy isim çok yüce bir soy isim, ben kızınıza o soy isme kendi soyadımı kabullendirecek kadar güven, sevgi, huzur aşıladım. Bu güveni verdim. Ve kızınız da bunun bilincinde olduğu için biz buralara kadar geldik. Ben üç yaşındaydım daha, babam bizi annemle bırakıp gittiğinde, ben o zaman anlamıştım kendi ayaklarım üstünde durmam gerektiğini. Annem çok babadır, sizden iyi olmasın. Eğer Allah izin verir de, kızınızdan bir çocuğum olursa, ona babamın bende bıraktığı eksik yanları yaşatacağım. Annemin yüreğinden katacağım ona. Ben kızını seviyorum bey baba. Bu vesileyle, bu yaşımdan sonra baba kelimesi de eklenir kelime dağarcığıma. Yine de siz bilirsiniz her şeyin hayırlısını." dedim ve sustum. Annemin zaten o konuşmadan sonra gözleri dolmuştu. Ve baba bunu gördükten sonra elini bana uzattı. Ben de öptüm. 'Darısı alnına sevdiğim' dedim içimden. Sevdiğimin de gözyaşlarına tanıklık ettik. Ve benim soyadımı taşımayı göze alabilecek kadar çok seven bir kadını, asla yarı yolda bırakamazdım. Bu olanlardan sonra dişlerimizin aynı bardakta durmasını hayal ederek atmıştık adımımızı...

Darısı size.

Bana aşk nedir diye sorsalar,
Bir kadının babasının soyadından vazgeçmesidir derim.

Alnın benim memleketim.

Öpülen nimetlerin arasında en güzeli senin alnındı. Böyle sevdim ben seni. Sen uyuduktan sonra bizim için her gece dua ederdim. Şükretmekten de kaçmazdım hani. Çünkü haline şükretmeyenin bereketi olmaz derdi annem hep.

Yanımda olduğun için şükrediyordum Allah'a. Kalbindeki sevgin bereketli olsun diye. Aşkımızın bereketi eksilmesin diye...

Hayatımda beni bir an olsun yalnız bırakmayan; beni, eksiklerimi tamamlayan kadını bana verdiği için Allah'a minnettardım.

Sen benim uyuduğumu zannederdin ya, uyumazdım ben aslında. Dua etmek için, seni uyurken sevmek için...

Uyurken yanına gelirdim üstünü örtmeye, ben yanında yokken üşüme diye.

Hep üzerini açardın sen gece.

Sen benim kalbimin en güzel dualarısın. Ellerinin arasına alınca yanaklarımı, çiçekler açardı yüzümde. Bilmezdin.

Ve ben seni sevdikçe kalbimdeki tüm papatyalar sana açılacak. Çok sevmeni istemedim hiç. Çünkü az sevip, bunun devamlılığını getirmendi temennim.

Dualarına ortak edecek kadar sev beni. Çünkü sen çoktan âminsin dualarıma.

Seni öyle bir koparıp attım ki içimden, dünyanın en kör düğümünü atsan bile bağlayamazsın beni kendine. Bizi artık ne aynı şarkıda karşılaşma ihtimalimiz kurtarır ne de aynı gökyüzü çatısı altındaki havayı solumak.

Oysa benim ihtiyacım olan tek şey, sana sarıldıktan sonra kazağıma sinen kokunla eve dönmekti.

Bir zamanlar aynı gökyüzünü paylaşma ihtimalimizle mutlu olabilendim. Senin soluduğun havayı soluduğum zaman kendimi sana ait hissedebiliyordum.

Böyle ufak mutluluklarım vardı benim. Aşk insanın ufak mutluluklarını alıp, önüne kocaman hüzünler koyabiliyor bazen.

Sonrasında sarılmak bile fayda etmiyor. O mutluluğu koruyabilen bir insan varsa hayatınızda çok şanslısınız demektir. Çünkü aşk herkese tanımaz bu şansı. Bu şansa sahip olanlar da değerini bilmezler.

Zaten aşk her defasında sevmeyi bilmeyen insanlara sağlamaz mı tüm imkânları?

İstediğin kadar sev, bazen çıkamıyorsun işin içinden. Bazı şeyleri yoktan var etmeye çalışsan da olmuyor.

En çok da ellerimizi ayıran şeyleri affetmiyorum, özellikle de seni. Yürümemiz gereken sokaklar çoğaldı. İzlememiz gereken film sayısı...

Sana okumam gereken şiirler bile affetmeyecek seni.

Sana olan en güzel hislerimi öyle öldürdün ki, hissizlik içime işledi resmen. Bir daha eskisi gibi çarpmadı kalbim sana.

Ve ben senden bir Sezen Aksu şarkısında vazgeçtim...

Sen artık bende tutuklu kalsan da,
Kolay olmayacak kalbime girmen.

İçinize atın, anlamayacaklarını biliyorsunuz. Anlatsanız da anlamış gibi davranacaklarını çok daha iyi biliyorsunuz. Bırakın sizde kalsın. İçine atmak gibi kolayca bir şey varken, neden anlamayana bunu anlatmakla uğraşasın ki? Zaten yorulmuşsun. Bazen siz anlatmadan bazı şeyleri anlayabilen insana ihtiyaç duyuyorsunuz değil mi?

Ben de.

Bazen size de oluyor mu?

"Anlat hadi ya." diyen insanlardan daha samimi gelmiyor mu duvarlar?

Ben çok yaşadım. Saatlerce ağladığım anlarda, o anlara sadece o duvarlar tanıklık etmişti çünkü.

Çünkü ne kadar anlatsan da seni anlamış gibi yapmanın daha ötesine gidemeyecekler.

Sen kendinle kal. İçine at. Bırak biriksin. Ne kadar moralini bozsan da düzelmeyecek bunu da biliyoruz.

Arada ağlamak gelirse içinden;

"Feridun Düzağaç'ın yorumladığı Lavinya" şarkısını dinle. Öyle ağla.

Ağlamayacaksan da ağla. Ağlamak iyidir. İçinde kaldığı zamanlarda ağlayamamak daha kötü oluyor.

Üşürsen aynı şarkıda buluşuruz, ben orada sarılırım olmaz mı? Anlatmaktan yorulduğum tam o an da sen çık karşıma, ben ağlamak yerine sana sarılırım.

Sevdiğin kadına sevdiğini söylemekten çok, hissettir mesela. Kendini, duygularını, kalbine onu hapsettiğini ona hissettirdiğin an, oradan çıkmak istemez kadın. Çok seven bir kalbe hapsedildiğini hisseden kadın oradan neden çıkmak istesin ki?

Sevdiğini söylemekten daha çok hissettireceğin güven, sevdiğin kadının üzerinde güzel bir etki bırakacaktır zaten. Çok seven bir adamın kalbi, sevdiği adama sadık kalan kadının evi gibidir. Bu yüzden çok sevdiği zaman babasının soyadını feda eder sevdiği adam için.

Sevdiği adam için babasının soyadından vazgeçebilen varlıktır kadınlar. Senin yapman gereken tek şey buna layık olabilmendir. Baba yani bu, baba deyip geçme. Kadınların hayatında ilk kez güveni tattığı adamdır. Bir nevi görevi sen üstleneceksin artık. Çok seven bir adam, sevdiğinin ikinci babası haline getirebilmeli işin boyutunu. Babasının verdiği o güveni, o sahiplenmeyi, şefkati, huzuru koruyabilmeli. Aynı şey bazı kadınlar için geçerli değildir. Kimi babalar vardır, bir daha başka bir adama güvenmemeyi öğreten.

İşte bu kadınlar babasızlığın verdiği hisle, yanlış tene aşık olurlar. Ve bir darbe de sevdiği adamlardan yerler.

Babasız büyüyen bir kadını tamamlayacak olan, babasızlığı tatmış bir adam anlayabilir.

Hayat işte. Babana bile güvenmeyeceksin dedirtiyor kimisine, kimisine de babam gibi seviyorum seni adam...

Bir adillik değil, bir adilik var bu hayatın içinde.

Bir kadının babasının soyadından vazgeçmesine değecek bir adam ol, gerisi mühim değil.

Ağdayı görse bal zannedip yiyecek, hâlâ gelmiş burada kadınları anlarım diyor.

Hayatındaki kadını anlamak için bugün ne yaptın? Ya da hayatına aldığın bir kadını gerçekten sevdin mi? En azından sevemezsen bile, sevmeye çalıştın mı? Bir şarkı belirledin mi kafanda kadınına ait? Sen sevmek istediğin kadına layık bir adam mısın? Bunları sordun mu kendine?

Her adam bir şarkı belirlemeli, bu şarkı benim kadınımın şarkısı diyebileceği bir şarkısı olmalı. Sevdiğin kadına sen benimsin diyebilmen için senin her şeyden önce adam olman gerekir. Sevdiğin kadını dibine kadar üzüp, sonra ben seni üzmek istememiştim demeyi moda haline getirmeyin.

Sevdiğiniz kadının gülüşü size hep deniz kenarı olsun. Sevdiğin kadın senin adını seslendiğinde bu senin yaşama sevincin olsun. Varlığını size hissettiren birini sevin.

Bu aşk sizin olsun.

Saçlarının arasından geçen rüzgârı kıskanandım, vazgeçmemi nasıl beklersin?

Ve ekledi kadın:

"Ben güvenini hissedemediğim babamın, eksik şefkati gibi sevmiştim seni oysa. Yanlış aşk veya doğru aşk olabilme ihtimalini bir an olsun düşünmedim. Çünkü çok seven bir kadının yüreği sorgulama yapmaz, ben de yapmadım. Yanlış aşk olsan da sorun değil. Benim canım alışıktır yanmaya. Bir de sen yakmış olursun çok mu? Bir yara da sen açmış olursun içimde babamdan sonra. Ama sen onun gibi yapma, canımı acıt ama gitme. Varlığını bana hissettirmekten vazgeçme, çok sevmende gözüm yok. Devamlı sev bana yeter. Varsın sana yansın canım. Ben hayatından bir çırpıda beni silen bir babanın kızıyım."

Ve adam devam etti:

"Benim bir kız kardeşim var. O da babasızlığın ne olduğunun farkında. Ve ben senin acını anlayabiliyorum. Ben de babasızlık nedir iyi bilirim. İyi sarabilirim yaralarını. Ve hayatımdan çok önemsediğim bir annem var, seni onu sevdiğim kadar sevemem ama ondan sonra sevebileceğim ikinci kadın ilan edebilirim hayatımda. Ve ilerde bir kızım olursa senden, ona babamın bende bıraktığı eksik yanları bir kez olsun hissettirmeyeceğime söz verebilirim.

Sen babanın bir çırpıda hayatından sildiği kızıysan, ben de seni kız kardeşi gibi, annesi gibi, babası gibi sevebilecek adamım.

Adın diyorum, soyadım için koyulmuş sanki. Sana bir ömür borcum var, kefil olur musun borcuma?

Sen benim ilk göz ağrım değil, ilk kalp ağrımdın. İlk defa bana iliklerime kadar acıyı tattırandın. Elmacıklarıma düşen yağmurları yağdırandın. Beni tamamlamamışken yarım bırakandın. Nasıl unutabilirdim ki? Acım büyük, bizi kaybettim.

Sen benim kalbimin kafası güzel haliydin. Gülüşünü her gördüğümde, kalbimde ritim bozukluğu sağlayandın. Sen benim bitme diye sonuna nokta koymaktan korktuğum cümlelerimdin.

Beraber uyuması gereken, ancak birbirini sevmeyi bile beceremeyen iki insanız artık. Artık tüm umutlar Fransız bana. Ve sen gittikten sonra kalbimi siyaha boyadım ben.

Ne kadar mavi olursan benim gökyüzüme fayda eder mi artık? Ben siyaha alışmışken...

Maviyi sevdiğin halde siyaha alışmak zorunda bırakıyorlar ya seni. En kötüsü de bu işte. Ne hissettiğinin önemi kalmıyor tam bu anda. Bırak ne hissettiğini, kendini hissedebiliyorsan kâfi.

Tamamlanacağına inanmadığınız eksik yanlarınızın ve iyileşmeyecek olan yaralarınızın hiç şüphesiz mimarı, size acıyı iliğinize kadar hissettirendir.

Ve tüm bunlara rağmen hâlâ seviyor olmak ne acı değil mi?

İşte biz buna çaresizlik diyoruz.

Ve sonra bana gülüşüyle yüzümde kelebekler açtıranın,
Gidişiyle öldürdüğü kelebekleri gömecek yer bulamadım.

Bana küsmüştü.

Yüzüme bakamayacak kadar çok küsmüştü.

Trip atıyor anlayacağınız. Trip atan kadın, meyve veren ağaç gibidir. Kadın sevdiği adama trip atar. Bundan şikâyetçi olan erkek sayısı oldukça fazla olsa da, henüz tıp buna bir çare bulamadı.

"Gir bakayım kız koluma." dedim,

"Niye?" diye sordu.

Gül dalında güzeldir dedim...

O an dünya nüfusunda kayıtlı olan tüm kadınlardan daha güzel bir kadın haline büründü.

Bense bir daha sevdim.

Bin defa sevdim.

Yanında ona mesaj atacak kadar. Yanında ona mesaj atacak kadar delice seversin ya bazen, öyle işte.

Yazdıklarımı herkes okuyacak ama sadece sen anlayacaksın. Ben seni yazacağım çünkü onlara. Onlar seni hissedecek.

Ben bir nevi her gün onlara seni anlatıyorum kurduğum cümlelerle. Beni en çok o insanlar anlıyor. Senden daha çok. Hatta senin beni anlamaya çalıştığın bile söylenemez. Ben uçan kuşa seni anlatıyorum. Dinlediğim her şarkının anlamını sana yüklüyorum. Tüm bunlara rağmen beni yalnızca anla. Senden tek isteğim bu.

Beni sevme gerekirse. Sadece anla. Sana yüklediğim anlamların karşısında anlamsızca daha ne kadar böyle dayanacağımı anla. Sunduğum değerin karşılığını en değersiz şekilde aldığımı anla. Adadığım hayallerin her gün birer birer suya düşüşünü anla. Her fırsatta sana sevdiğimi söylediğimi anla. Ama bu sana söylenebilecek en son, en kötü şeymiş. Bunu ben anladım. Hem de çok iyi anladım.

Merak etme. Ben yine seni yazdım. Kurduğum cümlelerin hepsine adınla başlamıştım oysa. Beni daha ne kadar çok yıpratman gerekiyor bazı şeylerin farkına varabilmen için?

Evet özlemiş olabilirim seni. Bunu bilmen gerektiğini düşündüm. Seni özlemiş olmam seni mutlu eder sanmıştım. Ben sana geldiğimde sarman gereken yaralar vardı. İyice acıttın yaralarımı.

Zekice.

Keşke bu zekânı biraz da olsa beni severken kullanabilseydin. Bir kalbin var. Bunu ikimiz de biliyoruz. Ben sana o kalbi fark ettiremedim ya. Bana da yazıklar olsun. Ve şimdi anlıyorum seni sevmenin ne demek olduğunu. Bu bildiğin intihar girişimi. Sürekli nerede aynı hataya düşüyorum biliyor musun? Her defasında sana inanmakla. Bizim için biraz olsun bir şeyler yapacağına inanarak düşürüyorum kendimi bu duruma.

Defalarca kez kırıldım ve aslına bakarsan hiç toparlanamadım. Bunun sorumlusuysa sendin. Hiçbir zaman yaktığın canımın sızısını anlayamadın. **Ve ben bu sayede bağıra bağıra susmak neymiş öğrendim.** Bazı şeylerin geç farkına varıyoruz. Başta farklı hissettiklerimiz bize sonradan sıradan geliyor. Bir önemi kalmıyor sonra farklı olmasının.

İnsanı da yıkan ne biliyor musunuz? Sevdiği insanın diğer insanlardan bir farkının olmadığını hissettiğiniz o an…

Tam o an hiçbir şeyin önemi kalmıyor...

Sen benim tattığım en tatlı acısın. Hep öyle kal. Uzaktan daha başkasın...

Allah'a yapılan ibadetten sonra yapılacak
En güzel ibadet,
İçinde Allah aşkı barındıran bir kalbe ömrünü sunmaktır...
Soyadını feda etmektir...
Helali olmaktır...

İkimize yetecek kadar sevmiştim oysa.

Yetmedi değil mi? Bu bile sana yetmedi. Senin yerine sevsem de bununla yetinemedin.

Ne yaparsan yap, senden gidemedim. Bunu iyi kullandın. En zayıf noktam sendin. Olup biten her şeye rağmen severek aptallık eden bendim. Ama artık iki kişilik sevmiyorum. İnan kendim için zor seviyorum. Yakında bu da biter merak etme.

Senden nefret edebilir miyim bilmiyorum. Ya senden çok nefret ederim ya da bu sevgiyi nefrete dönüştürmeye el vermez vicdanım.

Benim böyle üzüldüğümü gören herkes unut dediler. Oysa ben bunu bile umut olarak anlayabilendim. Sen, sana sunduğum sevgiyle bile yetinmesini bilemedin.

Konu sensen eğer, bir yolunu bulur, bir bahane uydurur yine severdim. Sen bu kalbe şubat ayında baharı getirendin. Ben artık susuyorum. Hem de bağıra bağıra.

Vazgeçtiğimden değil, çok sevdiğimden...

Seni ilk günkü gibi hissetmeyi özledim.

Özledim.

Yedi harf, binlerce his...

Adımı ağzından duyduğum zaman çeyizime alıp saklayıveresim geliyor dudaklarını. Seni çok temiz sevdim. Şüphesiz, sorgulamadan. Hiçbir zaman kendim için bir şey istemedim senden. Nasıl bir beklenti içine girdiysem hepsi bizim içindi. Gözlerinin içine baktığımda kendimi gördüğüm an yeniden doğmuş gibi oluyordum. Seni bu yüzden sevdim belki de. Sevginin en saf, en temiz haliyle. Sen gül, ömrümü uzatıyorsun. Ömrümün geri kalanı.

Gözlerine baktığımda anne rahmine düşen yeni bir bebek gibi hissetmek istediğim o kadın, hiç ummadığım bir anda çıktı karşıma. Beklemediğiniz bir anda öyle birisi çıkıyor ki karşınıza, sevmemek elinizden gelmiyor.

Boşluktasınız çünkü. Belki ona tutunmak sizin tek seçeneğiniz. Belki en büyük mutluluğun, belki de hayatının en büyük pişmanlığı. Bunu göze alabilmeli insan. Üzüleceğini, yorulacağını, kırılacağını, kendini mutsuzluğun içinde bulabileceğini. Bu ihtimalleri sevdiği esnada unutmamalı insan. Gerçi severken benliğini unutuyor insan. Ama yarım bırakılacağının ihtimalini unutmamakta fayda var.

Sevmeye inanın hiç gücüm yoktu. Artık o kadar yorulmuştu ki duygularım, kalbim bile 'Al Allah'ım canımı' der gibi çarpıyordu hep. Ta ki kendisini gördüğümde minik bir serçenin çırpındığı gibi göğüs kafesimde çırpınan bir kalbim olduğunun farkına varana kadar. Ben ilk günkü gibi sevdim seni hep, yarını düşünmeden, dünü düşünmeden. Öyle bir geldin ki, dünüm de sensin, yarınım da diyebilmiştim. Böyle düşünmek için insanın duygularının hayatta olması lazım kendisi gibi. Çoğu insan şu an hayatta, ancak duyguları için aynı şeyi söyleyemeyeceğim. Çünkü en temiz duyguların ecelidir gidenler. İnsanın içinde iki gram sevme isteği varsa da alıp götürüyorlar beraberinde.

Sen bana öyle geldin ki, geldiğinde gitti benden yorgunluğum. En çok neyini sevmiştim biliyor musun? Gözlerime bakarken utanırdın da gözlerini kaçırırdın ya benden. Onu çok severdim. İşte seni bu farklı kılmıştı bu kalpte. Çünkü farklı bakmıştın bana. Bunu hissetmiştim. Çok şanslıydım belki de bana geldiğin için. Seni kalbimde derhal klonlamalıyım!

Uzun zamandır eksik bir parçam varmış meğer. Sen gelip de hayatımın merkezine yerleşip o parçayı tamamladığında hissettim. Bunun ben bile farkında değildim. Bunu bana sen hissettirdin. Bir şeyleri bana hissettirebiliyordun. En sevdiğin yanın buydu.

Bana nasıl baktığını görmeliydiniz. Çoğu zaman söylemek istediğimiz ancak söyleyemediğimiz çok şeyi anlatıyor gözlerimiz. Ben gözlerinden beni ne kadar çok sevdiğini okuyabiliyordum.

Okuduğum en güzel kitaptı gözleri. Bitmesini istemiyordum. Korkuyordum çünkü. Aşkın en güzel haliyse iki kişinin birbirini kaybetme korkusuyla seviyor olmasıydı. Bazen sahip olmadığımız şeyleri bile kıskanırız. Bize ait değildir ama bizimdir.

Güzel bir yüreğe sahipti. Saf bir kişiliği vardı. Onu güzel kılan da buydu bende. Çünkü sevdiği adamdan utandığı için gözlerini kaçıran kadın, baş tacı yapılmalıydı.

Ben de üzerime düşeni yaptım. Onu hem kalbimin hem de yüreğimin baş tacı yaptım. Hani artık kimse gitse de böyle hissedeceğimi bir daha zannetmemeye başlamıştım.

O kadın tanıdığım en yürekli kadınlardan bir tanesiydi. Yanıma çıkıp gelecek kadar. Ben sana geldim diyecek kadar. Değerini bilmeliydim.

Herkesin bir gün eşleşeceği ihtimallerini onu severken unuttum. Dedim ya, severken bilincini kaybediyor insan.

Beni öperken bile çok farklı öpüyordu. Gözlerinin içine baktığım zaman kendimi görüyor olmam, onu sevmem için yeterli bir sebepti.

Daha ne isterdim ki?

Bana sarıldığı zaman bile "Bu kadın benim evim!" diyebiliyordum.

Sahiden de evimdi. Huzurun diğer adı gülüşünde saklıydı. Bu huzuru bana hissettirebilen kadını kaybetmek aptallık olurdu.

Ona bir yüzük almayı düşündüm. Kendi kendimi sorguya çektiğim zamanların arasında bazen kendimi sorguladım.

Bu kadının yarın gidebilme ihtimalini gözümün önüne getirdim. Ama yeniden onu çok severken buldum kendimi.

Şirin bir kutunun içinde ufak bir yüzük onun minik parmağı tarafından takılmayı bekliyordu.

Bende böylesine bir kadın tarafından tamamlanmak, sevilmek özlenmek için kendi kabuğuma çekilmiştim uzun süre. Oysa o gelip beni kendi kabuğumdan çıkarana kadar.

Her erkek ister hayatında kendisini çok sevebileceği bir kadın. Ama her erkek sevdiği kadına anlam yükleyemez.

Bir kadın öyle sıradan da sevilmez. Haksızlık olur çünkü. Sevdiğin kadına sevdiğini hissettirmek bile o kadına başlı başına bir lütuftur. Bazen en büyük hediyedir.

Bir kadına normal olarak sarılmak var, derin anlamlar yükleyerek sarılmak var. Sıradan sevmek var. Seni bu yüzden seviyorum demek var.

Kadınların sevdiği adamlardan beklediklerinin başında gelen şeydir ilgi. İlgilenmediğin her dakika biraz daha azalır kadının güveni, inancı... Unutma, ufacık bir ilgiyle mutlu olabilen varlıklardır onlar. Kolayı başaramazsan zoru karşına çıkarmaya yüzün bile olmaz.

Adımı onun ağzından duymak mutlu olmama yetiyordu. Bununla mutlu olabiliyordum. Birini sevdiğin zaman ufak mutluluklarla yetinmeyi öğreniyorsun. Onun sana söylediği bir kelime gibi. Sana dinlemen gereken bir şarkı söylediğinde. Anlayacağınız sevdiğiniz insanın yanınızda olduğunu bilmek, hissetmek mutluluğun en büyük nedenlerindendir.

Böyle sevdiğimi hiç hatırlamıyorum. Uzun süredir uykudaymışım sanırım. Uyandığımda bir kadını çok severken buldum kendimi. Hem de her şeyimle severken.

Beni eksiklerimle tamamlamayı göze almış bir kadın vardı hayatımda. Sevmek de bunu gerektirmez miydi zaten? Eksikliklerine rağmen kabullenip sevmek...

Onu ne zamandır annemle tanıştıracağım, bir türlü fırsat olmadı derken bir süre zaman geçtikten sonra onu annemle tanıştırdım. Ve annem benden daha çok sevdi onu.

Annem de farkındaydı her şeyin. Beni uzun bir süre sonra böyle mutlu görmesi onu da mutlu ediyordu.

Normalde bizim aramızda 274 Km mesafe vardı. Ve buna rağmen aşabilmiştik her şeyi.

Mesafe denilen şeyin sadece rakamlardan ibaret olduğunu kanıtlamıştık birbirimize. Ve ona söylemek istediğim şeyler vardı. Onu karşıma alıp konuşmam gerekiyordu.

Sonra onu karşıma aldım:

"Bak, ben hiçbir zaman sana beslediğim duyguları kimseye karşı tutmadım içimde. Kimseye karşı böyle hissettiğimi hatırlamıyorum. Çünkü hissetmedim. Olmadı kimse senin gibi. En güzel hislerimin sahibisin sen.

Bunu tüm içtenliğimle söylüyorum. Ve adımı ağzından duymak beni o kadar çok mutlu ediyor ki tahmin bile edemezsin. Hiç kimseyle böyle tamamlanmadım. İnsan hayatta bir kez aşık olurmuş ya. Ne kadar doğru bilmiyorum ama ben seni seviyorum. Hissederek, özleyerek.

Sen yanımdayken bile çok özlüyorum ben seni."

Ben tüm bunları ona anlatırken onun gözleri de dolmuştu. Sol elimi yanağına uzattım. Zaten ben sevdikçe onun yüzünde açıyordu papatyalar. Hem de tüm şiirlerle.

En güzel papatyalar sana açılsın ay ışığım, en güzel şiirlerle!

Sana ufak bir şey aldım. Param buna yetebildi sadece. Belki maddi bir değeri yoktu ama seni ne kadar çok sevdiğimi anlatacak manevi bir değere sahip olduğunu düşünüyorum. Ama sensiz bir hayat düşünmek istemiyorum. Beni sakın sensiz bir hayatı düşünmek zorunda bırakma. Beni buna itme. Hep yanında kalayım.

Sensiz bir hayatı düşünemem dedim ve yüzüğün kutusunu açtım. Görünce neye uğradığını şaşırdı. Ve gözlerinin içi gülüyordu sanki. Bana sarıldı ve bir öpücük kondurdu yanağıma.

"Düşünme zaten. Ve ayrıca papatyalar güzeldir, sen de öyle. Beni hep böyle sev. Kalbimdeki gökyüzünün ta kendisi sizsiniz bayım.

Hep mavi kal orada. Gece biter, sabah olur ve ben o gökyüzü altında seni mavi gibi severim. Ve hep bir papatyanın yaprağında saklayacağım sana olan sevgimi. Kimsenin koparmasına ne izin vereceğim, ne de bu fırsatı kimseye tanıyacağım. Göğsünde uyumak istediğim tek adamsın sen.

Ben seninle daha güçlüyüm. Bu duyguları bana yaşattığın için teşekkür ederim."

O an dünyanın en mutlu erkeği bendim. Benden mutlusu yoktu. O kadar anlamlıydı ki, onu iyi ki sevmişim diyebildim içimden. Alnından öptüm tam o an. Ve yüzüğünü ufacık parmağına geçirdim.

"Ben yanında olmasam bile kalbim senin içinde atacak. Unutma."

Ve umarım, hayat sizin de karşınıza böyle bir kalp çıkarır.

Üniversite için yaptığımız tercihlerde hiçbir yere yerleşemediğini gördük. O çok üzülmüştü, çok kötü ağlıyordu. Ben annemin babamın yüzüne nasıl bakarım diye ağlıyordu kollarımda. Ben de çok üzülmüştüm.

Oysa sınav puanı da iyiydi. Ama yerleşememişti. Keşke kalbime yerleşen kadının böylesine üzülmesini engelleyecek bir şeyler yapabilseydi kalbim. Ama yetmedi. Bazı şeylerde gerçekten elin kolun bağlı kalakalıyorsun.

Ona üzülmemesi için her şeyi söyledim. Puanı da iyi olduğu için, ek tercihlerde kesin yerleşmesi gerekiyordu bir yere.

Ek tercihlerde yerleşebileceği şansı olduğunu sık sık hatırlatıp ona moral vermeye çalışıyordum. Ve ağladıktan sonra uyuyakaldı kucağımda. Onu yatağa yatırdım, üzerini örttüm. Uzun bir süre onu uyurken izledim.

Hayatımda izlediğim en güzel filmdi. Etkisinden bir an olsun çıkamayacağım...

Uzun bir süre düşündüm. Gideceğini biliyordum. Okulu için zaten gidecekti. Gittiği zaman aramızdaki bu bağın yine aynı kalıp kalmayacağı sorusu yeyip bitiriyordu içimi. Ya gittiği zaman unutursa beni? Ya gittiği yerde başkasını alırsa hayatına? Bunları düşünerek saçmalıyorum belki ama düşünmemek elde değil.

Ama ben sarılmıştım. Dünyanın en büyük mesafesi girse aramıza ben yine sevebilirdim onu. Yanına her ne olursa olsun gidebilirdim.

İçimi sürekli sıkıntıya sokan bir şey vardı. Ne olduğunu bilmiyorum ama sürekli tadım kaçıyordu. Ona baktığımda tüm sıkıntılarımı unutuyordum.

Ben de onun yanına kıvrılarak uyudum.

Sabah kahvaltıyı beraber hazırladık. Ve insanın sabah kahvaltısını beraber hazırlayacağı biri olmalı hayatında. Benimki de oydu işte. Artık evine dönmesi gerekiyordu. Benim içim yine sıkılmaya başladı.

Kahvaltıyı yaptıktan sonra otogara gittik. Akşama aldık biletini. Biraz daha yanımda olması için. Gitmesini hiç mi hiç istemiyordum. Zaman çabuk geçerdi artık. Zamanı durdurmak istiyordum ama elimde değildi ki. Ama geçiyordu zaman. Akşam yemeğini hep beraber yedik. Kardeşim, annem, dayım, yengem, o, yeğenlerim falan. Neyse artık bilet saati geliyordu. Yemeği yedikten sonra dayımın arabasıyla onu otogara bırakmaya gitmek için çıktık evden.

Arabanın arkasında beraber oturuyorduk. Onu sarıp almıştım kollarımın arasına. İkimiz de birbirimize çok farklı bakıyorduk. Çok özleyecektik birbirimizi. Otogara geldik, otobüsünün hareket edeceği peronda bekledikten sonra otobüsü geldi. Annemle ve dayımla vedalaşmaya başladı. Ben ağlamayacağım ama. Biliyorum yine gelecek.

Erkek adam bunun için ağlar mı? diye sormayın. Canımdan can gidiyordu sanki. Erkek adam sevdiği kadın için ağlayabilir. Bu onu çok sevdiğinin işaretidir. Çoğumuz erkekliği bir kadın için ağlamakla kıyaslarız. Oysa alakası yoktur.

Erkeklik yürekte başlar, sevdiği kadına sahip çıkmakla biter. Adam olmaksa bunun devamlılığını getirebilmekle...

Ve en son sarılma sırası bana geldi. Dokunsan ağlayacaktı. Ama ben ona hafif tebessüm ederek sarıldım. Çünkü üzgün olduğumu görse daha çok üzecekti bu onu. Ve sımsıkı sarıldı bana. İşte o an eksik parçamın o olduğuna tamamen inanmıştım.

Kulağına bir şeyler söyledim.

"Sakın ağlama kelebeğim, yine uçarak geleceksin bana. Yine sarılacağız elbet. Ama şimdi kendini üzme. Bak bana, ben seninle olduğum için çok huzurluyum. Şimdi topla kendini ve hadi bin otobüsüne."

Ve otobüse girdi. Koltuğu cam kenarıydı. Onu görebiliyorduk. Otobüsün kalkmasını beklerken baktım bu arabanın gideceği yok, ona ne kadar çok sarılsam kardır diye düşünerek otobüsün içine ben de girdim. Ve ona bir kez daha sarıldım. Seni çok sevdiğimi sakın unutma kadın. Annemden sonra sevdiğim ikinci kadınsın sen.

Hissettiklerimin dile gelmiş hali, tarih tekrarlayacak bizi. Kalbin içimde atacak. Bunu asla ve asla bir an olsun çıkarma aklından.

Beni haberdar et her şeyden. Yeniden sarılabilmemiz için dualar edeceğim.

Ne de olsa kalbimin en güzel dualarısın artık.

Senin gülüşünse âminim...

Son kez sarıldıktan sonra otobüsten indim. Gözlerim dolmuştu benimde. Ve otobüs hareket etmeye başladı, tam o sırada o ağlamaya başladı. Ben onu öyle görmeye dayanamadım. Canımdan can gitti resmen.

O anı asla unutmam. Çıkmaz ki aklımdan. Neyse eve gitmek için arabaya bindik. Annem, "Allah kavuştursun oğlum." dedi. Âmin diyebildim.

Vay oğlum benim, büyümüşte sever miymiş falan gibisinden beni güldürmek için söylediği bu tarz cümleleri eksik etmedi üzerimden. Anne işte ne yaparsın.

Ve arabanın arka koltuğunda yalnızdım eve dönerken. Kafamı soluma çevirdiğimde onu orada göremeyişim benim yüreğimi yıktı resmen. Daha fazla bakmadım soluma. Kafamı cama yasladım, ağlamamak için direndim.

Hayat o kadar garantisiz bir şey ki, yarım saat önce yanımda olan, şimdi yanımda yoktu. Tuhaf hissediyordum.

Eve geldik. Evdekilere sadece ben yatıyorum, herkese iyi geceler diyebildim sadece. Ama gece bana iyi gelmeyecekti bunun bilincindeydim. Çünkü bana iyi gelen tek şeyi götürmüştü bu gece benden.

Odayı üzerime kitledim. Sezen Aksu-Kolay Olmayacak şarkısını açtım. Kısık sesle dinlemeye başladım. Ben ona bu şarkıda tutulmuştum.

Kolay olmayacaktı böyle. Çünkü ben bu şarkıyı ne zaman dinlesem, kendimden geçerim.

Ağlamaya başladım. Hem de yastığı ısırarak. O gece ağladığım en kötü gecemdi. Unutamazdım.

Onsuz yaşamaya alışmak kolay olmayacaktı. Sonra onu aradım. Ağladığımı fark etmişti. Sesindeki çaresizliği hissedebiliyordum.

"Özledin mi beni ay ışığım?" diye sordum.

"Çok..." diyebildi ve ekledi "Ne zaman aya bakarsan beni gör, ben baktığın yerde seni sevgimle aydınlatıyor olacağım."

İçim eriyordu. Yediğimiz içtiğimiz ayrı gitmedi hiçbir zaman. Adım attığım her yerde onunla yaşadığımız bir yaşanmışlık vardı çünkü. Aynı mekânlarda aynı yiyecekleri yemiştik, yürümüştük...

Bu kötü bir durum.

Artık acım hafiflemişti biraz. Çünkü aynı gökyüzü altında yaşıyor olmamız bile bana yetiyordu.

Ek tercihler zamanı gelmişti. Bana yakın olan yerleri özenle seçip tercihlere koymak için gayret gösterdik. Sınav puanı gayet iyiydi. Rahatlıkla istediği yere yerleşebilirdi. Kalbinin iyi olup, hayatımın merkezine yerleştiği gibi.

Bu sefer sadece dört beş tercih yaptığını söyledi. Ben de çalışıyorum. Pek konuşamıyoruz o esnada. Telefonuma bir mesaj geldiğini fark ettim. Mesaj ondan gelmişti.

Bolu İzzet Baysal kampüsün de İngilizce Öğretmenliğini kazandığını haber vermiş bana. Görünce çok şaşırmıştım. Bolu ne alaka? diye kendime sordum. Ama cevabını bulamadım.

Ona cevap yazmadım. Eve gidip aramayı tercih ettim. İşten çıktıktan sonra eve gidip hemen onu aradım. "Bolu'yu yazdığını bana söylememiştin. Benim bundan haberim yoktu." dedim.

O da, “Onu öylesine yazmıştım, gelmeyeceğini düşündüm ondan sana söylemedim.” diye tepki verdi. Ona olan güvenim sarsılmıştı. İster istemez bu duruma düştüm.

Şimdi elim kolum tam anlamıyla bağlanmıştı işte. Canımı sıkan o şey buymuş galiba. Uzağa gidecek olması.

Çok sevdik ya birbirimizi, mutlu olduk ya çok geç kalmadan burnumuzdan getirmeye başlamıştı hayat. Mutluluk hevesimizi kursağımızda bırakmak için başlamıştı oyunlarına. Ama bu oyunlara yenilecek bir yürek yoktu bende. Ben bu kadını sevdim. Her ne zorluk çıkarsa çıksın, mücadele edeceğim. Çabalayacağım.

Ailesi bir önceki yıl üniversiteye gitmesine müsaade etmemişti. Yaşadığı bu tür sıkıntıları vardı. Bu yüzden bu sefer engel olmayacaklardı. Gidecekti yani bildiğiniz.

Ben ne yapacağımı gerçekten şaşırmıştım. Uzun süre sonra bulduğum mutluluğu kayıp mı edecektim? Yoksa o mutluluğu korumak için canım acıya acıya mı sevecektim?

Biraz zaman geçtikten sonra artık üniversite hayatına başlamadan tekrar gelmesi gerekiyordu yanıma. Ben gidemiyordum çünkü çok yoğun çalışıyordum. Haliyle onun gelmesi daha mantıklı olacağı için o yine geldi bana.

Ben onun bana gelişlerini daha çok sevdim. Bana gelirken çok güzeldi.

İlk tanıştığımız günü hiç unutmam. Onu almak için bindiğim dolmuştan biraz geride indim. Sırf onu uzaktan biraz izleyebileyim diye. Altında açık pembe kot bir pantolon, üzerinde yeşil bir tişört vardı.

İlk günkü gibi sevdiğimi söylemiştim, ilk anı hiç çıkarmam aklımdan. ‘İlk göz ağrım değildi belki de ama bu kadın benim ilk kalp ağrım olacaktı.’ demiştim kendi kendime.

Onun geleceği gün işten çıkıp doğru otogara gittim. Ben otogara varana kadar o zaten gelmiş beni bekliyordu. Ve onu gördüm. Yine uzaktan izledim biraz. Gözlerimin dolduğunu fark ettim.

Ben artık onu kendime cümlelerimle bile tarif edemiyordum. Ve daha fazla duramadım, ona doğru yürüdüm. Bu esnada beni görüp oturduğu banktan kalkıp bana kollarını açıp sımsıkı sarıldı...

Deli gibi sarıldık birbirimize. Sana söylemiştim, yeniden sarılmamız için dua edeceğimi. Sen benim kabul olan dualarımsın kadın. Bak yine uçtun geldin bana. Kondun yüreğime. Baharı getirdin, papatyaları bu sefer sen açtırdın içimde.

Tekrar sarıldık. Sonra onu alnından öptüm. Onun alnı, benim memleketimdi sanki.

Şöyle bir gerçek vardı ki bu sefer yanımda çok kalamayacaktı. Bu da aklımdaydı.

Bizim çokça fotoğraflarımız vardı, çoğunu resim haline getirip odamın duvarına asmıştım.

Eve giderken yüzüğü parmağında gördüm. "Yüzüğünüz çok güzel bayan." dedim.

"Sizden güzel olmasın bayım." diye karşılık verdi.

Ben bu şehri bana geldiği için çok sevdim.
Bu şehrin otogarını çok sevdim.
Otobüs duraklarını çok sevdim.
Mekânlarını çok sevdim.
Sırf onu bu şehirle paylaştım diye...

Ben seni çok sevdim kadın, çok...

Akşam yemeği için annem güzel bir sofra kurmuştu, elinden geldiği kadar. Ee tabi o da özledi. Dayımlar, yengemler bile özledi. Ben mi özlemeyeyim?

Akşam yemeğinden sonra annemle mutfakta uzun uzun konuşmuşlar. Ben de işten yorgun geldiğim için uyku bastırmıştı. Uyuyakalmışım kanepede. Bir saat kadar uyumuşum, uyandırdı beni. Yatağıma gitmem için kolumdan tutup beni yatağıma götürdü, ben o yorgunlukla attım kendimi yatağıma. Üzerimi örttü.

Sonra annemin yanına geri gitti. Ben de yorgunluktan uyuyakalmak üzereyken annemle konuştuklarını duyabiliyordum. İçim öyle huzur doluyordu ki bunu size anlatamazdım. Sevdiğim kadının annemle sohbet ediyor olmasının verdiği mutluluk hangi cümleyle anlatılırdı?

Allah tüm kadınlara sevdiği adamın annesiyle sohbet etme fırsatı versin.

Ben ertesi gün izinliydim. Ve onun da benim yanımdaki son günüydü. Üniversite hayatına başlamak için Bolu'ya gidecekti.

Ben ondan önce uyandım. İkimize güzel bir kahvaltı hazırladım. Onu uyandırmadan önce dışarı çıkıp iki üç sap papatya buldum. Çay bardağına çok az su doldurup papatyaları onun içine koydum. Ve masaya çok güzel bir anlam kattı. Onu uyandırmaya kıyamıyordum ama zaman geçiyordu. Çünkü gece gidecekti.

Onu uyandırdım, öperek uyandırdım onu. Sonra onu öptüğümü fark ederek uyandı.

“Günaydın gün ışığım, bugün çok bir uykucuyuz. Normalde sen uyandırırsın beni kahvaltı hazırlamak için. Ama ben senden erken uyanıp ikimize güzel bir kahvaltı hazırladım. Sana omlet yaptım, hadi soğutma.”

“Hamarat beyimiz döktürmüş yine. Miraaaç!”

Boynuma atladı. Onu öyle mutlu görmek beni de mutlu etti. Zaten benim yanımda olduğunu hissettirdiği her dakika çok mutluyum.

Kahvaltımızı yapıyorken ona "Balık tutmaya gidelim mi?" diye sordum.

Gülerek "Oluur." diye cevap verdi.

Peki dedim yalnızca.

"Ne oldu sana?"

"Bir şey olmadı."

"Neden suratın düşük dünden beri? Bir şey mi oldu? Anlat bana."

"Gerçekten bir şey yok. Ama gideceksin, bu canımı sıkıyor. Bunu düşünmemeye çalışsam da aramıza yine mesafeler girecek. Her seferinde bu mutluluğun bölünmesi benim canımı yakıyor.

Ya mesafe bu sefer bizi yenerse? Ya çıkmaza girersek? Ben çaresiz kalmaktan çok korkuyorum. Orada yeni insanlar tanıyacaksın. Beni unutma ihtimali korkutuyor."

"Miraç, saçmalama. Ben her şeyin ilkini sende tattım. Huzuru sende hissettim. Hiç kimseye sana baktığım gözle bakmayı bırak, buna yeltenmem bile. Senin bana sunduğun sevginin bedelini ağır öderim yoksa.

Mesafeleri hep yendik. Çünkü bizim sevgimiz mesafeleri döver, aştık yine aşarız. Bana güven. Senin güvenini namusum gibi koruyacağıma söz veriyorum. Aklına böyle şeyler getirme. Beni de korkutuyorsun. Hadi asma suratını. Kalk hazırlan, balık tutmaya gidelim."

Bu konuşma bittikten sonra hazırlanıp evden çıktık. Yürüyerek sahile indik. Zaten yakındı evimiz sahile. Ve gökyüzünün ve denizin maviliğiyle bütünleşince çok daha farklı hissettim. Hafiften esip, saçlarını dalgalandıran rüzgâr onu daha da güzel kılıyordu. Ama o gün çok güzel balık tutmuştuk. Ben tutuyordum o oltadan çıkarıyordu.

Akşam gidecekti... Bu yine benim içimi sıkmaya başlamıştı. Kendi kendimi dinlemekten başka bir şey yoktu yapabileceğim.

Balık tuttuktan sonra biraz yürüdük sahilde. Sana bir şey söyleyeyim mi?

"Sen kolumdayken daha çok güzelsin. Ama koluna girdiğin adam bensem... Bunu unutma. Sen benim sevgimle daha çok güzelleşiyorsun."

Eve döndük. Yine yaklaşıyordu otobüsünün saati. Nefret etmeye başlamıştım artık otobüslerden. Hakkımda en hayırlısının onun olması dileğimle çıktık evden. Bu sefer sadece ikimiz vardık. Çünkü bu vedalaşmaya kimsenin şahit olmasını istemedim. Bu sefer dayanamayacaktım çünkü.

Otobüsünün kalkacağı peronda beklerken yine geldi o gelmeyesice otobüs.

Ona son cümlelerimdi bu. Yine gelecek miydi? Yoksa burada bitecek miydi?

"Sen kalbimin duaları olmaya devam edeceksin. Lütfen çok özletme."

Ben artık yorulmuştum bu gidişlerden. En az benim kadar o da yorulmuştu. Artık gitmesi gerekiyordu. Bense sadece seni çok seviyorum diyebildim.

Bana hiçbir şey söylemedi. Ben de pek durmadım üzerinde.

İki Ay Sonra

Artık uzaktan da idare edebiliyorduk. Mesafelerin bizi yenecek güce sahip olmadığını tam anlamaya başlamıştım ki. Bir şeyler ters gitmeye başladı. Birbirimizle eskisi kadar ilgilenmiyorduk. Konuşamıyorduk bile doğru düzgün.

Aramıyordu, mesaj dahi atmamaya başladık birbirimize. Okuldan geç çıkıyordu. Bunu bildiğim için alttan alıyordum. Ne okuldan çıktığı zaman haber veriyordu, ne okula geldiği zaman.

En sevdiğiniz insanın ölümüne inanamazsınız ya. Bu da öyle bir şey sanırım. İnanamıyorsun. Alışmak istemiyorsun. Ama istemesen de bir şey değişmiyor. Hayat istemek zorunda kılıyor seni.

İlgi sıfırın altındaydı ikimizde de. Neden böyle olduk? Ben mi eksiğim? Sen mi fazlasın bana?

Yeni arkadaş çevresi, yeni bir şehir, yeni bir hayat. Bana o hayatta yer olmadığını ben anlamıştım.

Sürekli yerli yersiz çıkan tartışmalar, kavgalar bizi uçuruma itiyordu. Anlamıştım bizim uzaktan yapamayacağımızı. Oysa mesafeleri yeneriz sanmıştık. Ama sandığınız gibi gitmiyor işte. Aşktaki hesap uymuyor çarşıya.

Artık tartışma boyutlarımız artmıştı. Çok ciddi büyük tartışmalar yaşanmaya başladı aramızda.

Sanki ikimiz de kavga etmek için yer arıyorduk. Tamamen kopma boyutuna girmeden önce bir akşam beni aradı.

Telefonda beni aldattığını söyledi. Neye uğradığımı şaşırdım. Dünya başıma yıkılmıştı resmen.

Ona söylemek istediğim o kadar çok şey vardı ki ama dilim dönmüyordu. Kitlendim kaldım. Ve direk telefonda ağlamaya başladım. Bunu bana yapmadığını söyle lütfen, buna ihtiyacım var dedim. O geceyi de bana yaşattı ya her şey için boşa çabaladığımı anladığım o an canım çok yanmıştı. Bunu kendinden soğutmak için mi yapıyor acaba diye çoğu defa sordum kendine. Ama değildi, o bana ait değildi artık.

Bir zamanlar gülüşünde huzur bulduğum kadınla aynı gökyüzünü paylaştığım için kendimden utanmaya başladım.

Ve tam bu konuşmalardan sonra başkasıyla olan fotoğrafını gördüm.

O an anladım bazı şeylerin boş olduğunu. O fotoğraflara bakıp sabahlara kadar gözyaşı döktüğüm kadın, artık başkasının elini tutuyordu. Bir zamanlar uykusunda izlediğim kadın, şimdi başkasının yanında. Ve bu çok acı bir durum.

Ben o an geldim kendime.

Ve aşk, bana kaşıkla sunduğu mutluluğu kepçeyle geri almıştı.

Bir gün her şey biter. Biz bile bittik. Ne bitmeyecek ki? İstediğin kadar çok sev, gidecek. Ucunda ölüm olduğu halde ölümsüzce davrandığımız bu dünyanın bile sonu gelecek.

Ben bir kadının cenaze namazını kılmıştım içimde.

Bir daha içimde ne papatyalar açtı, ne de şiirler anlam taşıdı.

Artık mezarlıktan farkı yok kalbimin.

Bir zamanlar mutluluğu size yaşatanın, artık sadece canınızı yakmak için bir şeyler yaptığı zaman anlayacaksınız beni.

Sezen Aksu-Kolay Olmayacak şarkısında tutulduğum kadından, *Seni kimler aldı?* Şarkısıyla vazgeçtim.

Ben hani eksik parçamın o olduğuna inanırdım ya hep, meğerse o puzzleda bana yer bile yokmuş.

Şimdi ben bile kendimi tamamlayamam.

Artık okuduğum kitaplarda bile başkasına ait olacaksın, ne acı.

Ben şimdi içimdeki bu acıyı size nasıl anlatayım?

Her aşkta bir taraf muhakkak aptalı oynamak zorundadır. Bir taraf hep çok seven olur ve giden hep çok sevilendir. Çok seven taraf daha çok yorulur.

Ben seni sevdikçe aptalı oynadım. Ama dert etmedim, seveni severken rahattı vicdanım. Ben sevdikçe sen gittin, sen gittikçe ben bittim. Lakin seni içimde de bitirdim. Ki sen hiç bilmedin, aptalın önde gideni sendin.

Her zaman azla yetindim.

Hak ettiğim ya da hak ettiğimin fazlası olmadı. Benim hak ettiğim sevgi başkalarına sunuldu. Kalbim yas tutarken, benim hak ettiğim sevgilerin sefasını başka kalpler sürdü.

Şimdi bense dişimin arasında kalan ufak aşklarla doyurmaya çalışıyorum kalbimi.

Gözü açtır benim kalbimin, doymaz.

Aşktır.

Kalbi acıyan yanlarından öpenler, sevilmeye her zaman değer!

Dün seninim diyordun.
Yarın kiminsin?

Rafa Kaldırılan Duygular

Kadınların duygularıyla oynayıp onları yarı yolda bırakıp giden adamlar: Onlar kaybetmeye tel tokalarından başladılar. Sevdiği adamdan vazgeçen kadın elbette üzülür. Hepsi hemen hemen toka kutusunda nedenini bilmedikleri on kuruş saklarlar. Sorsan hiçbiri neden sakladıklarını bilmezler. Bir anlamı yoktur yani. Açıklaması yoktur onun.

Her kadının toka kutusunda sakladığı on kuruş gibi kalbinde sakladığı bir adam vardır değeri on kuruş etmeyen. Ama saklar işte. Kimisi duygularını rafa kaldırmıştır, kimisinin de sütten ağzı yanmıştır. Yoğurdu üfleyerek bile yiyemez.

Anlamsız bir şeye bile anlam yükleyen varlıkların kalbinde anlamsızca bir yere sahip olma derim.

Sevdiğin kadında anlamlı kal. Kal ki seni sevdiğinden pişmanlık endişesine kapılmasın. Seni gittiği her yere kalbinde taşıyan kadının kalbini yıkıp dağıtmaya gerek yok. Düşünsene çok seviyor, gülüşüne aldanıyor. Bu daha çok sevmesine sebep oluyor. Ve en ağır yarayı sevdiği adamın gülüşüyle alıyor.

Ve aldığı yaralara rağmen bir kadın hâlâ "Her şeyden çok sevdiğim, önemsediğim bir adam var. Gülüşüne ömrümü verebileceğim." diyebiliyorsa o kadın dünyanın en sadık aşığıdır.

Sevdiği adamın gülüşüyle hayatındaki en ağır darbeyi aldığını bildiği halde, hâlâ o gülüşe ömrünü verebilir. Ki sen daha buna layık olmayı bile başaramıyorsun.

Sevdiği adam için mücadele eden kadınlar, üzülmeyi asla ve asla hak etmezler. Ki sevilmesi gereken asıl onlarken, ne yaparlarsa yapsınlar hak ettikleri gibi sevilmezler.

Hep ilgimi çekmiştir. Kadınlar çantasında bir şey ararken bile sağ ayağını öne atıp, çantasını sağ ayağının üstüne koyup öyle destek alabiliyor. Ve siz bu varlıkları üzüyorsunuz.

Gerekirse her bir aşkı da bağrına basar. Öyle sever. İsterse her ihtiyacını kendisi görecek varlıktır hemen hemen. Kolay kolay birisine ihtiyaç duymayan varlıklar. Varlıklar diyorum, varlıklar!

Varlar, yok etmeyin duygularını. Güvenini zor kazanabilirsiniz kadınların. Ama kaybetmesi kurduğun kıytırık bir cümlene bakar. Mutlu etmesi de bazılarına dünyanın en zor işi gibi de gelse, hayır öyle değildir.

Yirmi beş kuruşluk bir çikolata bile onun yüzünde tebessüm oluşturur. Kurduğun tatlı bir cümle ile yüzünde gülücükler oluşabilir.

Kırmızı elbisesine uygun bir ayakkabı arayışıyla dükkan dükkan gezen varlıktır kadınlar. Çantasından bahsetmiyorum bile. Her şeyi birbirine uyan bir yapısı vardır. Her şeyinin tam olmasını ister. Sevdiği adamında.

Sevdiği adamın da kendisine uygun olmasını ister. Dükkan dükkan gezmez tabi ki. Çünkü olmasa da olur hayatında birisi. Ama bir adamın kadını sahiplenip koruması kadar hoş bir şey yoktur. Ama biri o kadını sahiplensin, hissettirsin sevdiğini o zaman daha başka olur.

"Bir kırmızı elbise değilsin be adam! Ama yine de seni sevebilir" diyebiliriz erkekler için.

Diyeceğim, şimdi eğer hayatınızda bir kadın varsa, ona öyle bir sarılın ki. Kırılsın kaburga kemikleri.

Unutmayın, çok kolay mutlu edeceğiniz bu varlıklar tüm mutluluğu sizin önünüze sunabilir.

Kararlarınla Gülümse

Çünkü belli bir süre sonra istemesen de bir şeyleri değiştirmen gerektiğini fark ediyorsun. Ama yoruluyorsun. İçinde ne kadar biriktirsen de dolup taşıyor için.

Ne kadar güçlü olmak istesen de olamıyorsun. Ama olman gerekiyor. Daha mutlu olabilmek için, daha çok sevmek ve sevilmek için. Düşünüyorsun, uzun uzun. Bu zamana kadar yaptığın hatalarını, pişmanlıklarını, mutluluklarını, kenara bırakıyorsun hepsini, bakıyorsun...

Yüzünde bir tebessüm oluşuyor sonra. Meğerse atlatamayacağını düşündüğün her şeyi atlatmışsın sen. Ve şimdiki yaşadıkların geliyor gözünün önüne. Yaşamak istediklerini düşünüyorsun. Kararlar alıyorsun kendi içinde, kimsenin bilmediği kararlar ve düşünceler...

Seni güçlü bir çınar haline getirecek kararlar, seni olgunlaştıracak düşünceler, olup biten her şeye rağmen ayaklarının üzerinde dimdik durmayı sana öğretecek kararlar. Ama hiç kimse bilmesin. Karşına çıkıp sana engel olmamaları için susuyorsun.

Aslında sen, en güzelini yapıyorsun.

Şimdi kararlarınla gülümse.

Neleri atlattın.

Gidenler ve Kalanlar

Bazıları gitse de arkada kalanlar alışmaya çalışmak zorunda kalıyor. Hayat işte, bir şey bırakmıyor gidenin ardından. Oturup seni saatlerce ağlatabilen şeyler bir süre sonra gözlerini bile doldurmaya yeterli sebep olmayabiliyor.

Bir zamanlar alıştığınız, benimsediğiniz onun kokusunu yanınızdan geçen herhangi birisinin kokusuna benzettiğiniz bile oluyor. Sesi mesela, başkasının sesinde bile onu arayışlar içine giriyorsunuz. Beraber dinlenilen şarkılar, izlediğiniz filmler, birlikte adım attığınız her yer. Belki de sadece adını duymak bile en ufak bir kalp sıkışmasına sebep oluyor. Zaman geçtikçe alışıyorsun. Unuttuğun söylenemez. Ama en azından acını dindirdin. Artık yaran seni acıtmıyor. Çevrendekilere unuttuğuna dair izlenimler bırakıyorsun. Sen kimi kandırıyorsun ki? O kadar kolay mı unutmak? Hele ki koklayarak öpmüşken? Kokusunu ciğerlerine çekmişken?

Sen çocuk mu kandırıyorsun? Hiç şüphesiz ki her "unuttum artık" cümlesinin altında, " gel artık, çok özledim" yatar.

Onun başkasıyla olan mutluluğuna seyir halinde bırakıyor seni hayat.

Belki de böyle olması gerekiyordur. Belki bu acı sana bir şeyler katacaktı. Sense sadece onun bıraktığı mutlulukla yetinmeyi öğreniyorsun. Elinden başka bir şey gelmiyor çünkü. Farkında olmadan dünyan değişiyor. Artık değiştirdiğin iç dünyanda hayallerini kara kutundan çıkar artık. Yaralama daha fazla kendini. Bu sefer onu çok özlediğini değil de, çok güçlü olduğunu haykır herkese!

Sana kalbinde varını yoğunu veren birini bu kadar yıpratmaya ne hakkın vardı? Bu hakkı sana kim tanıdı? Unutamayacağım acıları işledin canıma. Hem de nakış nakış.

Keşke adını duyduğumda hissettiğim o çaresizlik yerine kokunu içime çekerek sarıldığım o anki mutluluk gelse aklıma.

Bana yaşattığın bu acıdan sonra tattığımız mutluluğu hatırlayamıyorum.

Bunu tekrarlama olur mu?

Tüm umutlarını ve hayallerini sana adayan insanın kalbini böyle yerle bir etme.

Yapma.

Bismillahirrahmanirrahim dedim!
Başladım seni sevmeye...
En güzel dualarısın kalbimin,
İtme beni tövbeye...

Bir kadın kendisine ne sunulduğuna değil de onun için ne tür fedakârlık yapıldığına daha çok önem verir. O yüzden bu hissiyatı tanımanız gerekir.

Güçsüz yapıya sahip değillerdir aslında. Güçsüz olduğu için ağlamazlar. Onları üzen, ağlatan sebeplerin başında gelir sevdiği adamın diğerlerinden bir farkı olmadığını öğrenmek. Beklentileri kırıldığı için yorulur.

Aşık olduğu adamın özelliklerini kaybediyor olması bir kadının en korkulu rüyasıdır.

Her kadın ister severken huzur bulduğu adamın gücü kendine biraz güç katsın. Bazen olmadı mı olmuyor işte.

Bu farklı diyorsun, bakıyorsun ki diğerlerinden bir farkı yok. Hatta bu herkesten daha çok herkes. **Bir kadına kendini sevdirmek istiyorsan, diğerlerinden farkın olduğunu ona hissettirmen gerek. En basitinden bir kalbin olduğunu mesela.** Ne dersin?

Zaten bir kalbin olduğunu hisseden bir kadın, orayı evi gibi sever. İçindeki tüm kötülükleri temizler.

Ve ömrünün sonuna kadar orada yaşlanmak ister.

Sen benim aynı kalpte yaşlanmak istediğimdin, her gün dua ederek sevdiğimdin. En güzel âminimdin.

Beni hiç mi özlemedin?

Benim en güzel sabahlarımı kararttın ya artık gün bile sana aymayacak.

Bana o kadar çok günaydın borcun var ki, benimle aynı sabaha uyan uyan ödeyemezsin. Çünkü faize bindirdim ben bu aşkı.

Artık dualarımda sana âmin yok. Zile basıp kaçan fırlama çocuğun heyecanı gibi sevmiştim ben seni.

Ama merak etme, artık evinin olduğu sokağa bile girmem.

Bir annenin özenle, sabırla, korkuyla karnında taşıdığı bebek gibi taşıdım seni kalbimde.

Ama artık ben seni düşürdüm.

Hem gözümden hem kalbimden ve şimdi benim gökyüzümde sana dair hiçbir umut yok.

Ki sen...

Artık kahve fallarının insana kattığı ihtimaller bile olamazsın...

Ki ben, bende sana ait bir yalnızlık var diye şükrederken,
Her zerreni harcayacaklar...

Kabul edin

Kabul edin. En büyük hatayı hayatımıza almamamız gereken insanları hayatımıza alıp, onları hayatımızın merkezi ilan etmemiz oldu.

Aslına bakarsanız, tanışmamamız gerekiyordu. Bazen değer verdiğim insanların gerçek yüzlerini gördüğüm zaman pişman oluyorum. Kendime kızıyorum. Böyle insanları hayatıma dâhil ettiğim için. "Bu kadar kör müydüm ben ya?" diye kendimi yiyorum doğrusu. Olan her şekilde zaten bununla beraber bize oluyor. Her gelen bir parça götürüyor.

Eksiliyoruz... Parçalanıyoruz... Kırılıyoruz...

Kimsenin umurunda olmuyor ki...

Artık bu sebeplerden dolayı doğru insanı seçemiyoruz. Sahi var mı o doğru kişi? Ben hiç rastlamadım da. Siz rastladınız mı?

Zaten genellikle böyle oluyor. Hayatımıza alarak en büyük yanlışlığı yaptığımız insanlar yüzünden, asıl hayatımızda olması gerekenlere taviz vermiyoruz.

Böylelikle mutluluk erteleniyor. İnsanın hisleri de kendinden uzaklaşıyor. En kötüsü de bu. Sonra hiçbir şeyi hissetmemeye başlıyorsunuz.

Yaşanması gereken hikâyeler hep nokta konmuş, tamamlanmış cümlelerle eş değer.

Zihinsel olarak çökmüş vaziyetteyim. Duygusal yönden bitkin. Benim yüreğim burkulmuş...

Tekrar nasıl seveyim?

Beni böyle hale sokacağını bilsem seni sever miydim?

Severdim...

Yine de severdim...

İçimde bir şeyler öldü. Ve bunların çoğu sana ait olan şeylerdi. Ne acı değil mi?

Bir zamanlar en güzel duygularımın sahibiydin. Senin hiç mi canın acımadı? Hiç mi içinde bir şeyler titremedi?

Sen de haklısın.

Benim canımın çok yanmasının nedeni benim senin yerine de acı çekmiş olmamdı.

Ben normalde kendimi sevmem. Yanlış anlama, kendimi sevmememin sebebi ben değilim, değmeyen insanlara anlamlar yüklemek, hayatıma dahil etmek, kendim gibi zannetmek.

Ben hayatımda en büyük hatayı insanları kendime benzeterek yapıyorum. Aslında böyle insanları ilk önce insana benzetmek sonra sevmek lazım. Sonra kırıldığın gibi kalıyorsun. Normalde ikimizin yerine de seven ben, artık kendim için bile bir şey yapamıyorum.

Sana ait duygularım ölürken, gözünün önünde acıyla kıvrandığımı gördüğün halde hiçbir şey yapmayıp, sadece ve sadece karşımda dikildin. Ve o ana sadece seyir halinde kaldın. Oysa bir sarılış, en ufak bir tebessüm yeterdi bana.

Hiçbir acıma ortak olmadın. Sen hep kapıma acıyı bırakandın. Ne zaman sana ihtiyacım olsa yoktun. İhtiyacım olmasa da yoktun. Zaten sadece sana ihtiyacım olduğu zaman yanımda olmanı beklemek bana göre değildi. Sen her an benimle olmalıydın. Seni hayatımda koyduğum yerde bulabilmeliydim. Her şeyi bir kenara bırakalım. Sen artık çok sevdiğim bir kitabın karakteri olsan, aşık olamam sana.

Ki karaktersizlerin kitaplarda yeri yok. Senin ancak benim hayatımda yerin vardı.

Kimse de bulamayacaksın belki bendeki yerini. Belki çok mutlu olacaksın gidince. Belki gittiğin yerde daha çok seveceksin. Ki sev, en büyük isteğim bu. Sev ki anla halimden. Sevenin halinden sevmeyen asla anlayamaz.

Yaşadığı acıyı, en güzel duygularının yok oluşunu.

Çok acıdı.

İçimdeki ufacık sızı, dünyalar oldu.

Acıdı...

Ufacık bir sızı, böylesine acıyabilirdi...

Bazı yaralar geçmez. Sadece acısı hafifler.
İzi kalıyor. Ne izi bırakan için önemi var ne de
Senin onun bıraktığı yarayı taşımanın.
İçindeki aşkla beraber, taşıdığın acılar
Bir zaman sonra ağır gelmeye başlar iyice.
Ne oluyor biliyor musunuz?
Sizin canınızı yaktığını unutup, en azından bıraktığı acıyı
taşımakla yetinmeye başlıyorsunuz.
Aşk böyle bir şey işte.
En ufak bir şeyle yetinmeyi başarabilmek.
Bu bir acı dahi olsa.
Gülüşü bile bu acıyı geçirmiyorsa...
Daha fazla söze gerek yok...

Seni seviyorum derken bile insan kalbini sunmalı karşısındakine. Her menfaatte bulunmalı. Severken gururu bir kenara bırakmalı. Aşkta gurur araya girdiği zaman mesafeler de giriyor. Sonra başka insanlar giriyor.

Sonra yeni bir yalnızlık kapından içeri giriyor falan filan.

Sevdiğini söylediğin gibi, bunun hakkını da vermelisin. Eğer bunu yapamıyorsan o zaman sıkıntı işte.

Sevmek için illaki yanında olmana gerek yok. Ona yanında olduğunu hissettirmek yeterlidir.

Eğer sevdiğini söylediğin gibi bunu söylerken bile hissettirebiliyorsan bazı şeyleri sevdiğin insana, işte daha anlamlı oluyor o zaman bazı şeyler.

Kadının en güzel dekoltesi sevdiği adama açtığı kalbidir.

O kalpten var mıdır güzeli? Daha ne ister ki bir insan? Sevdiğin sana kalbini sunmuş.

Sen yerini yadırgamışsın. Bu da senin sorunun. Sana kalbini sunabilen bir kadına, sen de soyadını sunabilmelisin mesela. Çünkü kadınlar, sevmek istediği adama açarlar kalbinin kapılarını. O kapıdan içeri yalnızca bir adam girer. Ama sadece **adam** girer.

Ve sen sen ol, asla bir kadının keşkeleri olma...

İyikileri varken...

Varken yok olma...

Bir erkeğin en tatlı şiddeti, sevdiği kadını kendine çekip öpmesi olabilmeli bu hayatta.

Seni seviyorum.

Aşk karın doyurmuyor diyorsunuz ama hayat mideden de ibaret değil ki.

Bu cümleyi sana söylüyorsam, seni gerçekten sevdiğim içindir. Seni hissettiğim içindir. Her ne kadar da bana, "Ben hazır değilim." desen de seni sevdiğimi hissetmelisin. Benim seni hissettiğim gibi.

Senden çok beklentim yok, sadece sevgime layık bir insan olarak kal, tanıdığım gibi kal, sevdiğim gibi... Hep benim kal.

Bir süre sonra bu insanı mı sevmişim bunca zaman dedirtme kendine. Bir hayal kırıklığı da sende yaşamayayım. Yeterince hayal kırıklığı koleksiyonum var. Girme sen oraya, orası çok kalabalık. Seni bulamam sonra...

Evine gitmek için durakta beklediğin zaman, seni otobüsüne bindirmek için yanında gelip, seni akşam saatinde eksi bilmem kaç derece o soğukta yalnız bırakmadıysam, kendi ellerimi hissetmeyip, ellerini alıp montumun cebine koyup ısıtmaya çalıştıysam... Sen bana çoktan hazır olmalıydın. Ki ben bunları bir de beni sevmeyen bir kadın için yapıyorum. Yani senin için.

Senin onu sevmediğin bir adam senin eksik yanlarını fark edip, seni tamamlamaya çalışıyor. Sen de bir zahmet sevmeye çalış, imkânsız değil.

Sevmek benim için zor. Hayat insanı böyle bir hale getiriyor bir süre sonra. Bazen kendi kendine 'bu ben miyim?' diye soruyorsun. Bir süre sonra acı bile hissetmiyorsun. Ya da hissettiğin acıyı canın hissetmiyor. Hissizleşmişsin çünkü.

Ben senin duygularını, hislerini yeşertmeye geldim. Seni tamamlamaya geldim. Ben senin eksik parçanım. Lütfen bizi tamamla...

En kötüsü de ne biliyor musun? Artık ne sevdiğimden haberin olacak ne de nefret ettiğimden. Bu kalpteki yerini asla bilmeyeceksin. Sevilmeye hasret kalan insanların, böylesine sevilmeye aç olduğu bu dünyada sen artık bu kalpteki yerini bilmeyeceksin.

Oysaki benim tek isteğim seninle bir pazar kahvaltısında aynı masada buluşmaktı. Çayım bittiği zaman senin çayımı tazelemendi.

Makyaja gerek yoktu, sen bana baktıkça güzeldin...

Sevdikçe...

Çünkü sevmesini bilen kadının makyaja ihtiyacı yoktur. Sevdiği adama bakan gözleri yeter.

Senin bana ihtiyacın vardı.

Bazen sevdiğin insandan nefret etmek de lazım. Çünkü sevmek bunu gerektirir. Nefret etmediğin birini sevmiş sayılmazsın.

Ben seni nefret ede ede sevmiştim oysa. Çünkü beni buna sen ittin.

Ama yine sarılmak istediğini bilsem, nefret ede ede sarılırdım.

Makyajını tazeleyen değil de
Çayınızı tazeleyen bir kadını sevin.
İnanın sevmekten böyle daha çok keyif alacaksınız.

Ben hiçbir zaman bende bıraktığın umutları başkalarında yeşertme çabasına girmedim. Bende bıraktığın aşkla başkasını sevmeye çalışmadım. Bana bıraktığın yaralara, acılara hep sadık kaldım. Peki, sen böyle sevilecek ne yaptın?

En sevdiğim gülüşünü resim haline getirip, hep yastığımın altında sakladım seni.

Hiçbir zaman insanları yara bandı olarak kullanmadım. Bende bıraktığın yarayı başkasının iyileştirmesine izin vermedim.

Sen benim sana öğrettiğim aşkla başkasını sevdin. Başkasına dokundun... Artık bana çok başkasın çok.

Kalbimi hiç şüphesiz sana emanet ettim. Hem de en güzel yerini. En anlamlı duygularımı sana emanet ettim. Senin yaptığınsa emanete ihanet etmekten başka bir şey değildi. Ben senin için içimdeki denizi yaktım. Buna değersin sandım.

Senin hiçbir zaman düşünemeyeceğin şeyler benim hep yüreğimi deldi geçti. Ama sen bir an olsun fark etmedin, canın sağ olsun.

Bazı şeyleri anlaman için daha kaç kez sana çarpacak bu kalp? Kaç kez kırılacak.

Biliyor musun? Artık parçalanacak gücüm yok. Ve şunu da unutma, yastığımın altında sakladığın gülüşünden ilk kez nefret ettim. Benden başkasına gülümsediğin için. Ve artık en büyük pişmanlığımın ortağısın.

Hayatımda hiç olmayan birini, olduramayacağım bir yere oldurmaya çalışmakla ne yaptığımın ben bile farkında değildim.

Sana sarılmayı hayal ettiğimde bile gözlerim doluyordu. Kalp atışlarım hızlanıyordu.

Sarıldığımızı düşünsene.

Kalpten giderim artık.

Ama sana...

Özlemim artık içime batıyor, söyleyemiyorum.
Ben susayım sen anla.
Birde ben gideyim biraz da sen ağla.

Beni sev,
Bu iyiliğini hiç unutmam.

Bu ayrılık bize yakışmaz

Fazla aşk aldık biz. Olmayan ayrılık kostümlerini giydirmek için zorlama kalbimizi.

Hiç kimsenin aklına bile getiremeyeceği herhangi bir yerde seni bana ayırmıştı Allah. Sevmemek elde miydi seni?

Ne de güzeldin sen. Ne güzel sevilmişliğin vardı senin, ne güzel bana bırakılmışlığın. Yüzümde annemden kalma hatıra iki çukur ne de güzel yakıştı parmak uçlarına.

Ben büyük acılardan doğup, ilk adımlarımı hep sana attım. Sana yürümeyi hep düşerek öğrendim.

Bazen aşkta düşme ihtimallerini de unutmamak gerekiyor. Bundan korkmak değil de gerekirse düşerim diyebilmeli çoğu zaman.

Bak, eğer seni çok seven bu kalbe sırtını dönersen yağmur bile seni ayıplayacak. Bırak yağmur bize yağsın. Şarkılar bize çalsın. Bu aşk bende kalsın.

Her ne olursa olsun sabah uyandığımda aklıma gelen ilk şeyin adın olmasını istiyorum.

Ben nefretle açmak istemiyorum gözümü, pişmanlıkla açmak istemiyorum. Çünkü sen, adını bile duymasınlar diye kıskandığımdın. Senin gülüşün, benim acılardan kurtuluş savaşımdı.

Kalbimin en güzel yerini sana ayırdım.
Çok yorma bu kalbi!

O kadar yaşanmışlığa rağmen o kadar emeklere rağmen sürekli gitti. Bir çırpıda gitti. Kolayca silebildi.

Peki, hiç sevmemiş miydi? Neden yaşanan o kadar anı varken bunlar bir çırpıda silinip gidilir ki? Tüm bu insanlar kalpsiz miydi?

Ama seven en güzel kalpler bizimdi. Oysa bin gitti, bin geldi. Bense her defasında kabullendim gidişi. Hiçbir zaman akıllanmadım.

Mantığımı yitirmiştim severken... Çünkü olur da bizim için bir şeyler yapar artık diye sürekli gelişini kabullendim.

Kendimi yok saydım, onu kabullendim. Hep açıktı kalbimin kapıları ona. Çünkü bir gün beni yeniden sever düşüncesiyle her zaman duygularımı hiçe saydım.

Ama kısa bir zaman sonra anlıyorsunuz olanın sadece kendinize olduğunu. Boşuna çabaladığınızı...

"Benim yaşamaya ihtiyacım var, anlıyor musun?" sorusu hiç kimsenin yaşam yörüngesi içinde değil.

Eksildim, seni ne kadar seversem o kadar eksildim. Bari bırak geriye; gülüşünü gördüğümde hızlı atan kalbim kalsın.

Bari onu bana bırak. Duygularımı oyuncak haline getirmene dayanacak gücüm kalmadı artık. Eskisi gibi değilim. Hani ben yanındayım, sana bir şey olmaz diyen adam var ya bitti artık.

Seni sevecek gücümün hepsini sen aldın. Ben sana olan sevgim ve bağlılığım yüzünden hep tükendim. Hiçbir zaman görmedin.

Ben seni çok sevdim.

Gerçekten çok sevdim.

"Gerçekten" de çok sevdim.

Sahi sevdim.

Bilmedin.

Şimdi ise gülüşüne dokunmanın hayaliyle yaşayacağım günler kapıda.

Size de oluyor mu?

Bazen o kadar yoruluyorsun ki ruh olarak. Hani bedeni geçtim, ruhen bile hissediyorsun acıyı.

Ansızın gelen moral bozukluğu diye bir şey var, hiçbir cümleyle tarif edilemez. Canını sıkan, içini kurcalayan bir şeyler var. Ama nedeni hakkında hiçbir fikrin yok.

Dünyanın en önemsiz insanı olduğunu bile düşünüyorsun mesela. Duygularından soyutluyorsun kendini.

Birini seviyormuş gibi hissediyorsun. Oysa hayatında hiç kimse yok.

Bir şarkı dinliyorsun, olmayan aşkın ızdırabını çekiyorsun.

Yıllardır yalnızmışsın gibi.

Duygularıyla oynanıp, köşeye atılmış gibi hissediyorsun. Hatta zaman zaman kendini bile hissedemiyorsun.

Durum vahim, çok vahim.

Artık ben de biri için önemli bir yere sahip olayım, ben de ilgi istiyorum, sevilmek istiyorum diye söyleniyorsun kendi kendine.

Hiçbir zaman sevileceğini düşünmüyorsun. Düşünemiyorsun.

O kadar hissizleşmişsin ki artık.

Zamanla acıyı bile hissetmemeye başlıyorsun.

Allah'ım, sevdiğim kişinin telefonunda duvar kâğıdı olmadan ölmeyim lütfen.

Kaçıyorum kendimden.
Affet...
Sana beni hatırlatan her şeyden kaçmak zorundayım...
Hiçbir gidiş bana bu kadar çok yakışmayacak.
Gitmek zorundayım...
Her ne kadar sevsem de kalmak daha çok acıtacak canımı.
Ve artık dayanamıyorum.
Canımın acımasına dayanacak güce sahip değilim.
Boşaltıyorum bu şehri.
Seni sessizce, bensizce içimden terk ediyorum.
Hiç bu kadar yenilmemiştim bir gidişe.
Kahretsin ki ben gidince uykular beni uyuyacak.
Şarkılar merhem yerine daha çok acıtacak.
Belki rüyalarım beni esir alacak.
Ben senin aşkında acemi birliğiydim.
Seni acıya katlanacağımı bile bile sevdim.
Sen sonunu bildiğim filmdin.
Ben seni defalarca izledim.
Bıkmadan, usanmadan, sıkılmadan sevdim.

Bu zamana kadar kalbime kimsenin dokunmasına izin vermedim. Çünkü sana ait olan bir şeyi başkasına veremezdim. Sen el değmemiş bir kalbi oyun hamuruna çevirdin.

Şimdi yoğur bensizliği. Bundan sonra aşk seni bana sormayacak çünkü ben çoktan senden gittim.

Artık yollar bile benden yana, naber?

Ve gün gelecek, sen benim hissedemeyeceğim hisler olarak kalacaksın.

İçimde sana ait bir deniz vardı.
Ve o denize girmek gibiydi kalbine girmek.
İlk başta korkarak, ürkerek, girmekten çekindiğim...
Yavaş yavaş küçük adımlarla yürüdüm.
Sonra senin dalgaların aldı beni,
En derine sürükledi, yani sana.
Bir süre sonra alıştım, ısındım denizime vuran güneşinle.
Hiç çıkmak istemedim kalbinden, yorulsam bile...
Çünkü,
Biliyordum kalbinden çıksam, titreyeceğim sensizlikten.
En çok maviyi, yani seni sevdim ben bu yüzden...

Mavi duyguları hayatta kalan insanların rengidir. Sevmeyi bilen kalplerin rengidir. Duyguları hâlâ hayatta olan insanlara ait tek renktir mavi. Bir sevgiyi renkle anlatan tek şeydir mavi.

Özgürlüğü simgeler.
Saflık barındırır.
Sonsuzluk içerir.
Gizemli bir tutku besler.
Seven insanların rengidir mavi...

Bir erkek mesafelere rağmen de sevebilmeli bir kadını. Ve bir kadın mesafelere rağmen de ait olabilmeli her koşulda sevdiği adama.

Sevdiği adama ait olmasını bilen kadınla, kadınına anlamlar yükleyerek seven adam zaten tamamlar birbirini.

Bir ayna gibi olmalı severken. Adam kadınına baktığında kendini görebilmeli o an.

İşte bu kadını farklı kılmalı. Daha çok sevmesini sağlamalı adamın çünkü herkes baktığı kadında göremez kendini. Kadınlar yalnızca sevdiği adama açar aynasını kendini görebilmesi için.

Ve kadın öyle sevmeli ki, bakışından anlayabilmeli sevdiği adamın ne demek istediğini.

Erkekler genelde sevdiğini belli edemedikleri için biraz duygusuz pozisyonuna düşürülüyor. Oysa sevmesini bilen adamların duyguları çok derindir ve bir kadının hissettiği duygulardan daha derindir.

Bunu çok seven bir adam bilir.

Ama benim tercihim, ortada duyulan bir sevgi varsa o sevginin karşı tarafa hissettirilmesi çünkü hissedilmeyen sevgiden hayır gelmiyor.

Trafik lambaları arabaları seviyor. Duraklar özel halk otobüslerini, şehirlerarası otogarlar otobüsleri. Ve bunlar hep hissedilerek yapılan şeyler.

Hayat sevdiğiniz insandan sevginizi saklayacağınız kadar uzun bir yol değil bence.

Beş dakikamızın garantisi yok, sarılmayı ertelemeyin.

Ne zaman bir daha seni sevmeyeceğim desem, sonrasında seni severken buldum kendimi.

Ben kendimi sende buldum.

Sen bendeki yerini kaybettin.

Artık seni özlemeyeceğim cümlelerime aldırma, kokun burnumda tüterken sana olan kırgınlığımdan söylediğim şeyler bunlar işte. Bilirsin, gurur meselesi işte.

Bu sana yazdığım ilk yazı değil, son olur mu hiç bilmiyorum desem de bak yine sana yazıyorum.

Her gün senden bir şey öğreniyordum.

Çünkü seni yeniden sevmeyi öğreniyordum.

Aşkı belki de bana sunamayacak birisi için...

Her gün yeniden seviyordum.

Ve ben senin bıraktığın acılara, kokuna, ismine, sesine, seni bende yaşatan her şeye sadık kalacağım.

Sen de bende kal.

Tanıdığım gibi kal.

Gerisi teferruat.

Seni gördüğüm gün,
Çiçekler açmıştı en karanlık sokaklarımda.

Sizin hiç hisleriniz dondu mu?
Bir ölü gibi hissettiniz mi?
Size gülüşüyle hayat veren öldü mü hiç?
Nefes alamayıp boğulduğunuzu hissettiniz mi?
Hiç oldu mu hiç duygularınız?
Artık kelime haznemden bırak cümleyi ona bir kelime çıkmaz deyip, onu yazmıyorum deyip kokusu geldi mi burnunuza?
Sesini özlediniz mi?

Meğerse sevince değişiyormuş dünyan. Bir zamanlar gülüşüyle mutlu eden, gidişiyle dünyaları verebiliyor size. Böyle bir konuma da sokuyor hayat. Artık duygularını rafa kaldırıyorsun.

Çünkü anlayanın yok.

En güzel duygular, eski tozlanmış bir kitap gibi rafa kaldırılıyor.

Gözümün önünde en güzel hislerimin ölümüne şahit oldum genellikle. Kimse hislerime hayat vermedi. Kim geldiyse kendine lazım olan parçayı aldı gitti canımdan.

Eksilen, paramparça kalan hep ben oldum.

Duygusuz bir kimliğe bürünüyorsun.

"Bu ben miyim ya?" sorusunu soruyorsan kendine, başın değil aşkın başı sağ olsun.

İçin ölmüş senin.

Sevgimi en derine kazıdığım için mi
İliklerime kadar tattırdın her seferinde acıyı bana?

Kadınlar sevdiği adamı en çok yastığına anlatırlar, onunla paylaşırlar acısını, pişmanlığını, mutluluğunu...

O yüzden bir kadının bir erkeği ne kadar çok sevdiğini sadece yastığı bilir.

Ve o rimel yastığına bulaşmadan dinmez kadının yüreğindeki acılar. İlla ki saçma sapan birisini sevip yeyip bitirecek kendini. Çabalayacak, çabaları boşa çıkacak.

Sevecek sevilmeyecek, özleyecek özlenmeyecek.

Her kadın saçma sapan bir adam sevmeden olgunlaşamaz hayatta. Muhakkak en güzel duygularını, en ayı adamlar öldürür.

Benimse size önerim:

Sizi parmak uçlarınızdan öpen adamları sevin. Tek bir kirpiğinizi bile saklayan adamları sevin.

Şarkılara sığındım. Onlar daha mı çok iyi anladı beni? Hayır. Aksine bıraktığın yarayı daha çok acıttılar. Ama benim gidecek kimsem yoktu. Ben de onlara sığındım ilk kalp ağrım.

Bırakmadın ki göğsünde uykuya dalayım. Kalp atışlarını dinleyeyim. Ben de canımı acıtan şarkılara sığındım.

Bazen bir aşkın cenazesini bin şarkı kaldırır. Hem de öyle bir kaldırır ki, o şarkıların sadece senin için yazıldığını zannedersin.

Kendimi bulduğum şarkılar var, onlar senden daha güzeller. Bir zaman senin için çarpan kafası güzel kalbim gibi.

Ben hep onlara sığındım. Bazen sığınmak istediğimiz tek yer yanındayken huzurlu hissettiğimiz kişinin gülüşü olur ama sadece sığınmak istediğimizle kalırız.

Siz yapmadan sizi alıp, gülüşüne saklayacak biri olursa günün birinde, kalbimde ona en güzel sevgiyi sunup, ona ziyafet çektireceğim.

Sığınmak istediğim sadece kokusu olmasına rağmen, sığındığım tek yer gidişi oldu. Ben hiç huzuruma sığınamadım. Benim sığındığım ya Sezen şarkılarıydı, ya da gidişi.

Siz de şarkılara sığının, onlar gitmiyor. Can acıtsalar da gidenlerden daha çok sadıklar.

Gidenlerin canımızı acıtmaları önemli değildi. Kalsalardı biz canımız acıya acıya da severdik. Çünkü biz duyguları duygusuz insanlar tarafından harcanmış, hiçe sayılmış insanlarız.

Ve biz sevenlerin öyküleri
Ya yarım bırakıldı
Ya da başkalarına okundu.

Senin kalbin sevmeye müsait değil

Çoğu zaman sevmeye meyilli olmayan kalpler çıkar karşımıza ve biz asıl darbeyi onlardan alırız.

Ya yanlış zamanda doğru aşk kaçar elimizden ya da doğru zamanda yanlış aşkı yaşayarak yorarız kendimizi.

Ne kadar yanlış olursa olsun sevmek için her türlü fedakarlığı gösteririz çünkü kalp sever, acısını biz çekeriz.

Kalbe de söz geçiremiyorsun ki abicim. Yok yani. Ne desen fayda etmiyor.

Kalbi kalabalık insanları hayatınıza kesinlikle dâhil etmemeye özen gösterin. Çünkü bu berbat bir olay. Bunu bana her fırsatta yaşattığın için teşekkür ederim hayat ve saz arkadaşları.

Kimi sevmek istediysem ya bana sevdiği adamı anlattı ya da kalbi o kadar kalabalıktı ki, bana bırakın oturacak yeri ayakta durabileceğim bir yer bile yoktu.

Kalbinde bir kişiye yer ayırmalı insan, bir kişi için çarpmalı ve ziyadesiyle onu sevmeli. Çoğul eklere girmeye gerek yok.

En acısı da senin bir şeyler hissetmeye başladığın birisinin de sana sevdiğini anlatması. Dinlemekten başka bir seçenek kalmıyor ya birde elinde...

Bunu yaşadınız mı bilmiyorum ama yaşayanlarınız bilir çok çaresiz kılıyor insanı. Hani bırak onu beni sev diyemiyorsun. Dinleyip onun acısını dindirmek için yardımcı olmaktan başka elinden bir şey gelmiyor.

Zaten güzel kadınlar hep çirkin adamları severler. Bu kuralı değiştiremezsin. Diyeceğim şu ki kalbi kalabalık insanlardan uzak durun.

Ufacık kalbine çok kişiyi aldın, herkes oturdu ancak ben kapıda kaldım.

Aynı kalbi paylaştık. Aynı duyguların ortağısın belki içimde. Belki pazar kahvaltımdın, belki en büyük pişmanlığım, belki en gerçekçi mutluluğum. Belki de en büyük belkilerimdin.

Her neyim olursan ol, senin gidişin benim sevgimi eksiltmez diye düşündüğüm günlerimdin. Ben seni sen yokken de sevdim. Hem de yoktan var ederek. Sokağa çıktığım zaman seni yanımda hissederek yürüdüm.

Bunları tek başıma başarabildim. Geçerli sebeplerin yokken gidişine rağmen yenik düşüp sevebildim.

Senin gitmek yerine bu kalbe teşekkür etmen gerekirdi. Senin aldığın nefesi ben verirdim. Bir nevi devridaim gibi. Sen giderdin ben severdim. Kaç gidişe seyirci kaldı bu kalp, senin gidişin sarsmaz onu.

Sonra uzaklardan bir ses duyuyorum. Beyin fonksiyonlarımı düzelten bir ses. "Boş ver ..." diyor...

Seni düşünmeden uyumuyorumlarımı, artık sırf seni düşünmemek için uyuyorumlarına çeviren biri için telefonumun şarjına bile yazık. Ki vay kalbimin haline.

Oysa sen bırak sevmeye, senin için prizlerin köşelerinde uykusuz kalmalarıma bile değmezsin.

Düşük kalp uyarısı!
Lütfen çıkınız dışarı.

Bir zamanlar gülüşüyle huzur doldduğun insanı
Gün geliyor unutturmak için
Oynamadığın oyunu bırakmıyorsun hayat.
Sana da eyvallah.

Gerçekten bak fazlasında gözüm olmadı. Gözüm sadece sende oldu. Bu da gözlerime fazla kılındı.

Beni çok sev demiyorum. Benimle ilgilenme, ona da tamam. Senin için çektiğim acılara değecek bir insan olarak kal olur mu?

Sadece bunu istiyorum senden.

'Benim sevdiğim kadın bu!' diyebileyim, acılar içinde kıvransam da.

"Senden bugüne kadar hiçbir şey istemedim. Benim için bir iyilik yapar mısın?"

"Nedir o?"

"Yapabildiğim en iyi şeyi, seni sevmeyi..."

Seni sevmekten vazgeçmemi isteme benden. Giderken istediğini götürebilirsin. Benim bir şeyde gözüm yok. Bu bana kalsın...

Beni en iyi o anlar.
Beni en güzel o sever dediğim kişiydin.
Sen bu aşkın kaçıncı bitişiydin?

Bazen sana çok kızıyorum. Sırf sinirlendiğim için seni kırıyorum. Bunun farkındayım. Bunu bilinçli yapmasam da evet farkındayım.

Ben seni kırıyorsam, hele ki sinirlenip bunu yapıyorsam seni sevdiğimden bir an olsun endişe etmene gerek yok. Endişe etmen gereken şey ne biliyor musun küçük hanım? "Bu mutluluğun devamını daha fazla nasıl sürdürebiliriz?" sorusunu kendimize sormayı unutma ihtimalimiz.

Benimleyken elbette üzeceğim seni. Elbette belki kırdığım için istem dışı ağlatmış olacağım. Buna sebebiyet vereceğim. Ki mutlu da edeceğim. Seni daha çok mutlu etmenin yollarını arayacağım kendimde.

Ben daha çok kendime 'Bu kadının gülüşünde daha ne kadar süre saklanabilirim?' sorusunu soruyorum. Ve bunun cevapları benim içimde saklı. Ve seven her adam sorgulayabilmeli kendini sevdiği kadının mutluluğu için.

Hiç olmasa bile en ufak bir tebessüm oluşturup, papatyalar açtırabilmeli sevdiği kadınının yüzünde. Sevdiği kadının keşkeleri değil de iyikileri olmalı. Bunu başarabilmeli. Ki bunu başarabilen erkek gerçekten seviyordur.

Ve küçük hanım, ne zaman pijamalarınla o uykulu gözlerin gelse gözlerimin önüne seni hep affediyorum.

Benim senden gidebileceğim en öte yer yine sensin. Senin de tüm kaçışların bana olsun. Olur mu?

Neden olmasın?

Gittiğin yollar ben olayım.

Ve üzerine bastığın her adımda kalbim yol da olur sana.

Ellerime tutunmanı isterdim,
Ellerimi elinin tersiyle itmeni değil.
Sana sunduğum sevginin değerini bilmeni isterdim,
İçimdeki seni bitirene kadar uğraşmanı değil.

Bazen düşünüyorum da seni düşünerek en büyük düşüncesizliğimi yapmışım.

Bunun geç farkına varıyorsun.

Aşkı bir gömlek gibi düşün, tüm düğmelerini kapatmadan ne olduğunu anlayamazsın. Son düğme de belli olur o aşkın kalitesi.

Meğer ne safmışım, sevmenin ne demek olduğunu bilmeyen birinden sevmesini beklemişim.

Her türlü ihtimali göze alarak.

Ancak sevmesini bilmiyorsun diye de tüm acıları önüme koyacak değildin.

Pardon da oradan bakıldığında her şeyi kaldırabilen, tüm acıya katlanabilen birisine mi benziyorum?

Zaten kimi üzmek istemesen onun ilk üzdüğü kişi sen oluyorsun.

En çok üzeni sever insan,
En çok gideni sever...

Ve ben en büyük hatayı benim olmayan bir şeyi benim olan her şeyden daha çok kıskanarak yaptım.

Bana ait değil ama kıskanıyorum.

Neden?

Bilmiyorum.

Bize ait olmayan şeyleri, elimizdekilerden daha çok kıskandığımız döneme ne ad verilir bilmiyorum ama çok sık yaşıyorum bunu.

Kıskançlık krizim tuttuğu zaman, kıskandığım kişinin kafasını alıp duvara sürtmek istiyorum. Sonra kıvılcım çıkarmak istiyorum ve sonra acıdı diye öpmek istiyorum.

En kötüsü de hiçbir zaman kıskanmayacaksın beni.
Kıskanmadığınız insanı sevmiş sayılmazsınız.

Umarım kendine bir gün bir vicdan edinirsin.

Elini üzerine koyduğunda gerçekleri hissedebileceğin.

Farkında olmadığın ne varsa sana fark ettirecek...

Seni gerçekten seven kalbi görmezden gelip, her gün parçalara ayırdığında içini sızlatabilecek.

Umarım bir gün bir yüreğe sahip olduğunun farkına varırsın.

Seviyorum dediğin zaman içinin rahatlığıyla ağzından bu cümleyi çıkarabilecek bir yüreğin olur umarım.

Sevdiğin için mücadele edebilecek, duygularının aynası olan bir yürek sahibi olursun.

Ve artık bir gün kalbin olur. Olur da anlarsın kırılan kalbin taşıdığı acıyı.

En büyük temennim, ayrılığı tatmış bir kalbin sızısının insana verdiği o acıyı yaşarsın bir gün.

Bir gün insan olman en büyük dileğim. Ki insanlar tarafından sevilmenin ne tatlı duygu olduğunu anlarsın. Sevmeyi öğrenirsin.

En büyük isteğim, umarım bir gün insanlığın olur. Ki fark edersin insanları düşürdüğün durumu.

İnsan ol, diğerleri kolay zaten.

Canımın nasıl acıdığını bilseydi,
Belki insan olmayı denerdi...

Sırf sen hitap ediyorsun diye adımı çok sevdiğim anlar oluyor benim. Sırf senin ağzından çıkıyor diye.

Senin ağzından çıkan adımı duyduğumda ben, kulaklarımın pası silinir, cepleri bayram harçlığı dolan çocuk oluveririm.

Ben sende yaşadığım heyecanı ne yaparsam yapayım anlatamam. Hangi cümleyi kursam, yetersiz kalır.

Aşkı hak edene vermeli.

Duyguların sabitlemesi gerekir.

İnsanlar gemi gibidir aslında.

Duygularını daha yoğun hissettikleri okyanusa demir atarlar. Kimisi o denizde batar, ziyan olur duyguları... Kimisi de gökyüzünün ve denizin karıştığı mavilikte boğulur sevdiğiyle.

Mavi gibi sevmeli.
Tüm renklere inat.
Öylesine saf, ölesiye sonsuz...
Öylesine onsuz da sevmeyi öğrenebilmeli...

Her zaman bir taraf daha çok sever deseler de doğru. Tek başına sevmeyi öğretiyor sana aşk.

İki kişinin el ele verip kolayca taşıyabileceği, kaldırabileceği aşkı, en çok sevenin omuzlarına yükleyip kaçmak korkaklıktır.

Zaten zora gelemez gidenler.

Yaptıkları tek şey kaçmaktır.

Sıkıysa kalanla kal?

Sevmeyi dene?

Birlikte sırtlanacağımız bu aşkı benim omuzlarıma yükleyip gittin. Şimdi nasıl güçlü olayım ben?

Nasıl seveyim seni? Beni sevmek için zerre kadar çabalamadın, beni üzmek için elinden gelenin fazlasını yaptın.

Nasıl taşıyayım şimdi seni kalbimde?

Oysa en karanlık gecelerde bile benim canım en güzel sana yanmıştı, en güzel şiirlerimi sana adamıştım.

Gülüşünün kıyısında saklanacağımdın.

Artık duaların bile faydası olmaz bizi bir araya getirmeye.

Sımsıkı sarılacaktık

Olup biten her şeye rağmen, tüm insanları, bu gezegeni bir kenara bırakıp sımsıkı sarılacaktık.

Belki geçerdi, belki daha çok acıtırdı. Bunu yara bilirdi.

Çünkü insan, sarılmak istediğine sarıldığı zaman daha güçlü hissediyor.

Eskisi gibi olur ya da olmaz, bilemem ama sarılmak için kollarımı feda edebilirim. Çünkü bu hayatta en büyük ihanet sarılması gereken iki insanın sarılmamasıdır.

Bir başkasına gitmekten ziyade iki insanın birbirini sevmeme ihtimali de ihanettir aşka.

Gökyüzü kadar derin anlamlar içinde boğ bu aşkı. Ben sana tutundukça nefes alırım.

Ben bu hayata başkalarının mutluluğunu izlemeye geldiğimi düşünüp, tüm zamanımı sana sarılmayarak harcamaya gelmedim.

Ve kadının gidişi bile şiir gibiydi,
Adam onu yazmadan edemezdi...

Kandırmayın kendinizi bazı şeyler bazen geçmez.

Aynı şarkıyı dinlemişseniz, aynı mekânda aynı yemeği yemişseniz, kokunuz üzerinize sinmişse, onun kokusuyla dönmüşseniz eve, varlığını iliğinize kadar hissetmişseniz, adını duyduğunuz an aklınız kafa tasınızın içine sığamıyorsa, ellerini tutmadığınız halde kalbi göğsünüzde atıyorsa kolay geçmez bazı şeyler.

Yanınızda olduğu halde özlüyorsanız, geçme ihtimalini nasıl düşünebilirsiniz ki?

Şey, ben...
Seni olur olmaz düşünüyorum,
Özlüyorum sana da oluyor mu?

Her an kaybedecekmiş psikolojisiyle seviyorum. Her an gidecekmiş gibi korkarak. Zaten gidişinden ürkmeyeceği birini kalbine almamalı insan. Sevdiği zaman her an yanında hissettirmeli varlığını, duygularını, kalbini.

Çünkü kalp bu, herkese açılmaz kapısı. Oraya giren tek olmalı ve kıranı da seveni de tek olmalı. Sevginin böylesi makbuldür. Onu kalbine aldığında her an paramparça olabileceğini unutmamalı mesela. İhtimalleri bir an olsun çıkarmamalı aklından. Yeri gelince ağlamayı, yeri gelince mutluluktan gözünden yaş geleceği zamanları düşünerek sevmeli. Sorgulayarak sevmeli.

'Neden ben?' sorusunu ona değil de kendine sorabilmeli. Cevabını da kendisi bulmalı.

Kokusunun başkasının üzerine sineceği korkusuyla sevmeli. Kokusunu ezberlemeli onun.

Uyandığı her güne onu severek başlamalı.

'Allah'ım keşke şu an yanımda olsaydı.' diyeceği günler olmalı. Onun üzdüğü zaman bile onun omzunda ağlayacak kadar sevmeli.

Geç kalınmışlık hissi kötüdür.

An gelir, doğru aşkla doğru insanı sevemezsiniz.

Çünkü çoktan geç kalınmıştır bu aşka.

Her zaman azla yetindim.

Hak ettiğim ya da hak ettiğimin fazlası olmadı.

Benim hak ettiğim sevgi başkalarına sunuldu.

Kalbim yas tutarken, benim hak ettiğim sevgilerin sefasını başka kalpler sürdü.

Şimdi bense dişimin arasında kalan ufak aşklarla doyurmaya çalışıyorum kalbimi.

Gözü açtır benim kalbimin, doymaz.

Aşktır.

Kalbi acıyan yanlarından öpenler,

Sevilmeye her zaman değer!

Gitmek için bahaneler arama.
Benim yanımda kalmak için sebepler üret.
Benimle buluşmak için,
Annene atacağımız yalanı birlikte düşünelim mesela.
Sakın gitmekten bahsetme.
Valla bir geçiririm yüzüğü parmağına,
Baban bile alamaz seni evimden...

Güven vermediğin kadına seviyorum demenin anlamı yok. Basitleştirme kendini.

Karşındaki bir kadın... Her şeyden önce senden daha detaylı ve geniş düşünce yapısına sahip olduğunu unutma sakın.

Sen istediğin kadar seviyorum desen de bir şeyleri hissedemiyorsa kadın, boşadır tüm cümleler.

Sen sevdiğini hissettirdikten sonra sana kendiliğinden güvenir zaten. Yeter ki duygularının gerçekçilik oranını ona kanıtla.

Ben ona nasıl güveneceğim diye sorarsan, geçmişte yara almış kadın yeniden sevmek istiyorsa sana zarar veremez. Belli ki senin sarmanı istiyor yaralarını. Daha fazla acıtma.

Onun hayatında olduğun her gün ona ilaç gibi gelmeli.

Bazı kadınlar seveyim derken yeni yaralara yol açıyorlar kalbinde. Oysa istedikleri tek şey sevdikleri adama kalbini açmak.

Duygularından emin olmadığın halde bir kadının karşısına çıkma.

Bir kadına vereceğin güven,
Ona seni seviyorum demenden daha büyük rol oynar.

Kabul olacak duam olsan da olmasan da âmin derim ben sana. Sorun yok.

Yeter ki girdiğim günaha değ.

Saçların yüzüme değsin. Kokusuyla bir ömür yetinirim.

Saçlarının yüz hatlarımda dolanması kadar güzel bir şey yok bu hayatta.

Ben senden daha güzelim bir kere.
O da seni sevdiğim için.
Benim galaksim senin göz çukurların.
Dudağının tam kenarındaki gülüşünse evrenim.

Sev beni,
Kalbini korkak alıştırma.
Çünkü ben en büyük korkularımı seninle yendim.
Seninleyken yenilgi bana göre değil.

Sana koşmak isterken,
Bir adım bile atamayacak hale düşürme beni.
Başka bir şey istemiyorum.

İnsanı en çok yıpratan şey, içinde gün geçtikçe büyüyen boşlukta kalması. Hani tarifi yoktur bunun.

Bazen içinizi öyle bir sıkıntı kaplar ki, adını koyamazsın.

Tarif etmeye çalışsan edemezsin.

Boşlukta hissettiğin zamanlar da her şeyin o boşluğa dolduğunu fark edersin zamanla.

O boşlukta boğulup gitme korkusu sarar tüm bedenini.

Sizi o boşluğa itecek insanları sevmeyin.

Kadınların güvenleri saçları gibidir.
Biri kırıldığında diğeri de kırılır.
Bazıları kaldıramaz bu acıyı.
Gider saçlarını keser.
Ve sen buna sebebiyet verdiğin için,
Senden umutlarını keser.
Canının yanma ihtimalini göze alarak,
Yeri gelince hiç sevmemiş gibi kalbinden çıkıp gider.
Ve kadın gidişinin bileti olarak,
Umutlarını kesti sevdiği adamdan.
Can kenarından...

Giden kadının ellerinden tutup gitmesine engel olacak bir adam gerçekten seviyordur. Seni gidişiyle sınıyor bile olabilir.

Yapman gereken tek şey, kadının gidişine yol açacak şeylerden uzak durmak. Tabii ki onun yanında olmasından mutluluk duyuyorsan.

Giden kadının gidişine müsaade etme, kalması için nedenler üret. Gerekirse bahaneler bile üretebilirsin.

Eğer bir kadının gidişine sessiz kalıp, engel olamıyorsan, o kadın senden gitmek için fazlasıyla geç kalmış. Çünkü kadınlar gitmesine engel olacak adamları sevmek isterler.

Bir kadının gidişine sessiz kalan bir adam, erkek değildir. Onu geçtim, adam değildir.

Sen onlardan olma.

Bazen aşk, hatta çoğu zaman aşk;
Yapmamalıydı.
Ama yaptı...
Gitmemeliydi.
Ama gitti...
Bitmemeliydi.
Ama bitti...

Bende bir tane kalp var. Ve o kalbe sadece bir kişi sığdırılabilir. Güzel yaşanmışlıklar, güzel hayaller, güzel anılar, güzel şarkılar, güzel gözlü bir kadın. Sonra güzel bir aşk.

Bak kadın, oldukça iyi severim seni. Güzel de severim. Biliyorum ki sen de güzel gidersin. Neyse, şimdi gitme mitme konusunu açıp çirkinleştirmeyelim ortalığı. Seni kendime aşık etmek için dış görünüşümü kullanmayacağım ya da bana aşık ol diye değişmeyeceğim.

Emin ol kalbim benden daha yakışıklı. Ve öyle bir sever ki seni, sen bile şaşırırsın.

Seni öyle bir severim ki, enflasyon artar, şarkılar daha güzel gelir kulağa. Öyle güzel severim ki seni, bu şehirdeki her şey çok güzel olur. İçindeki insanlar bile. En başında sen olmak üzere.

Burada bir kalp var, ister kır, ister paramparça et ya da ister otur kalbimin tahtına, her gün çok sevilmenin tadını çıkar...

Hayatımda yokluğunu yaşıyor olabilirim.
Belki konuşmuyor olabiliriz doğru dürüst.
Sesini duymuyor olabilirim.
Ellerin ellerimde olmayabilir.
Kokun üzerime sinmemiş de olabilir.

Şimdi bu saydıklarımı unut,
Bunların hiçbiri seni hissetmeme engel değil.

Bazen görmediği birisine tutunabiliyor insan. Hiçbir şey yaşamadığı halde, hiçbir anısı olmadığı halde.

Paylaştığın hiçbir şey yokken bile. Henüz daha hiçbir şeyken bile anlamlar yükleyebiliyorsun tanımadığın birine.

Çünkü o kadar aç bırakılmışsın ki sevmeye sevilmeye.

Sadece bir fotoğrafla yetinebiliyorsun.

Bir anda kendini onda buluyorsun.

Kokusunu, saçlarını ve kirpiklerini bile bilmediğin birisine ait olurken buluyorsun duygularını.

Nasıl sarılıyor acaba diye soruyorsun kendine.

O insanın yanlış ya da doğru insan olma ihtimalini düşünemeyecek kadar körleşebiliyor.

Çünkü sevmek istiyor. Sevilmek istiyor.

Sana bir kez olsun o kadar çok sarılmak isterdim ki.
Bir kere, yalnızca bir kere.
Kokun nasıl acaba?
Nasıl sarıp sarılıyorsun?
Görmediği, hissetmediği birini nasıl sever insan?
Nasıl bağlanır?

Kadın sevmek istediği adam uğruna heba eder tüm duygularını. Sevmek istediği adam için görmezden gelir bazı kusurları.

Ve tanımak istediği adamların dinlediği şarkıları dinlerler. Şarkılar insanların kimliğidir, aynasıdır.

Bu yüzden bir kadının sizin dinlediğiniz şarkıları dinleyip tanımak istemesine şaşırmayın.

Kadınlar duyguların gerçek kimliğinin farkındalığına varınca sevmeye başlar sevmek istediği adamı.

Seven kadının verdiği çabaya değen adamlardan olmanız dileğiyle baylar.

Mutluluğu uzakta gördüğümüz zaman, huzurlu hissedeceğimiz günleri yakımızda göremeyiz. Belki de bir kitap ve bir fincan kahvede saklıdır gerçek mutluluk. Kahvenin kokusuyla bütünleşen kitap kokusu kadardır. Gerçek huzur budur belki de. Belki de fazla gelir, gerçek mutluluk bu.

Denizi güzel kılan da gökyüzünün denizin maviliğine eşlik etmesi, kahvenin kokusuna eşlik eden kitabın kokusu gibi.

Benim kalbime eşlik etmeyen sen çok çirkinsin!

Okuduğu kitapta bile sevdiğinin başkasına ait olduğunu gören insanlardan olmayın.

Ben sana yazılan, sen tarafından anlaşılmayı bekleyen, her satırında kendini bulacağın bir kitaptım. Okuduğunda yüzünde papatyalar açtıracak kadar her satırında derin anlamlar saklayandım.

Sen bırak beni anlamayı, eline bile alıp okumadın tek satırımı. Hele ki içimde öyle bir cümle vardı ki, okuduğunda yüzünde papatyalar açtırırdı.

Her gece sana sarılarak uyumak, her sabaha da senin yanında uyanarak başlamak istiyorum.

Çok mu?

"Az denilmeyecek kadar az bile bence."

Bir kere gülüp, beş kez ağlayacağını unutma. Hayatın sana kaşıkla sunduğu mutluluğu kepçeyle geri alacağını unutma.

Bir film olarak hayal edelim hayatı.

Yeri geldiğinde gülmekten gözlerinizden yaş gelir, yeri geldiğinde gözünüzde akacak yaş bırakmaz.

Hayatına aldığın insanın kalitesini iyi seç, iyi idrak et duygularını. Çünkü çok sevdiğin duygular ileride nefretin olabilir.

Keşkelerini kıs.

İyikilerini son ses aç.

İyikilerinle yaşa her anını.

Yoksa boşuna çabaladığınızı hissettiğiniz an sevmekten vazgeçmek istiyorsunuz.

Bir anlamı kalmadığını öğreniyorsunuz, hayat adlı filmin koltuklarında oturmanın.

'Nasılsın?' sorusuna iyiyim diyerek ne kadar iyi olunuyorsa, o kadar iyiyim ben.

'Nasılsın?' soruları vardır, sadece yapmacık iyiyim cevabı duyulmak istenen. Sırf o iyiyim kelimesinin altındaki acıları, sakladıklarını görmek istedikleri için. Sanki ellerine bir şey geçecek.

Hani insanın kendisinde acıların gizlendiğini yüzüne vurmak amaçlı sorulan şu canı cehenneme 'nasılsın?' soruları.

Ne zaman vazgeçeceksiniz acılarımızın yükünü ağırlaştırmaktan? Ben iyiyim. Ancak duygularım ağır basıyor.

Ne acılar biriktirdim, hepsini içimde bekledim. 'Nasılsın?' diye sordular da, yalnızca iyiyim diyebildim.

İyiyimlerimden uzak durun. Ben böyle iyiyim!

Karşı karşıyaydık, yetmiş seksen metre vardı aramızda. Kalbimizde ise kilometreler. Ne kadar adım atarsam atayım yine uzaktım ona.

Aynı şehri paylaşıyorduk onunla. Onunla aynı şehri paylaşabildiğim için dünyanın en şanslı, en mutlu adamıyım zannediyordum kendimi.

Bu şehirdeki kaldırımların birlikte yürüyebilmemiz için yapıldığını düşünüyordum.

Trafik lambalarını, tramvay duraklarını, şehirlerarası otobüs terminalini başka sevdim.

Düşünsenize, aynı şehri paylaşıyorsunuz. Bunu düşünmek bile çok seven bir adama yeter. Bana da yetti.

Ama onun hakkında aynı şeyi söyleyemeyeceğim. Ona, ne onu çok seviyor olmam yetti ne aynı şehri paylaşıyor olmamız ne de ben yettim.

Beni sevmemek için elinden geleni yapıyordu resmen.

Aynı şehri paylaşmamıza rağmen aramıza mesafeler koyuyordu. Duvarlar örüyordu.

Hani ne yapsan, neresinden tutsan olmuyor.

Zaman geçtikçe alışıyorsun koca şehirde kaybolduğuna. Bir zamanlar çok sevdiğin şehirden nefret eder hale geliyorsun.

Aynı şehirdeki insanlardan nefret edersiniz çoğu zaman.

Ve şöyle bir şey de var, benim anlaşabileceğim, sevebileceğim, mutlu olabileceğim insanlar hep uzaklarda.

Sanki bunu birisi özenle yapmış gibi.

Belki de yürümemiz gereken o kadar sokak varken,
Tek başıma yürümek en büyük intihardır duygularıma...

Seviyor gibiydi. En azından öyle hissettirdi.

Sevgisine inandığımız insanın gönlünde boğuluruz. Her ne olursa olsun, benim de bir sevenim var diyebilmek için göğüs gereriz her acıya çünkü insan hissizleştiği zaman biri tarafından ihtiyaç duyulmak istiyor. Özlenmek, sevildiğini hissetmek istiyor.

Bazı insanlar duygularının arkasına o kadar profesyonelce saklanıyor ki; aşkta amatör kalan biz, gördüğümüz kısma aldanıyoruz sadece. Bunun bedeli de ağır oluyor.

Öyle kalpler var ki, katlandığı acıya rağmen beni özleyen biri var diyebiliyor. O kadar aç kalmış sevilmeye.

Neden sevilmeye ihtiyacı olan insanları yarım bırakır ki insanlar?

Elle tutulur, kulakla duyulur olsa daha mı değerli olacaktı duygular? O zaman mı binecekti kıymete? İnsan sevdiğiyle sınanır derlerdi ama bu kadar sınanmaz ki bir insan. Kime en güzel duygularımı adasam, hep elimden alındı.

Kendi duygularımı bile hissedemez oldum. Kendimi bile hissedemez oldum.

Yanlış insana emanet edildiğini fark ettiği an, teker teker intihar ediyor en temiz duygular ve sonra sevilecek insanları sevemiyoruz.

Hiç mi kalmadık?

Bittik mi tamamen?

Neden ben?

Bazen adını koyamadığın acıların içinde bulursun kendini. Tüm insanlar mutlu, bir tek sen acılar içinde kıvranıyorsun gibi hissedersin.

En azından acı da olsa bazı şeyleri hâlâ hissedebiliyorsun. Hissedemeyenler ne yapsın? Acıyı bile olsa hissedememek kötü. Yaşayan ölüden farkın kalmıyor. Bunu yaşadım. Yaşattılar.

Hayatımda bana acıyı tattıracağını düşündüğün en son kişiler bunu yaptılar. Doğru ya, zaten çok sevdiklerimiz en derin yaralar açar bizde.

Herkes kendi farkını kendi belirler bu hayatta. Kimsenin kimseden bir üstünlüğü, farkı yoktur. Dediğim gibi, insan kendi farkını kendisi belirlemek için yaşar.

Bir erkeğin bir kadının gözündeki yeri stabildir. Aynıdır.

Eğer o erkek, kadına diğer erkeklerden daha farklı seveceği hissini o kadına tattırırsa, en farklı adam kılar kadının gözünde kendisini.

Ben yaşadığım her zorluğa karşı kol kanat germesini becerebildim mi bilmiyorum.

Ve bir kadın sana "neden ben?" sorusunu soruyorsa, kendisinin diğer kadınlardan bir farkı olduğunu ona ispatlaman içindir.

Ki sen bunu başarabiliyorsan zaten tüm korkuları senin ona vereceğin en güzel cevapla ortadan kalkacak. Çünkü bir adam tarafından basit bir dille sevilmek istemez kadın.

Sevdiği adamın kendisine bir şeyler katmasını, kendisine anlamlar yükleyerek sevmesini ister.

Keşke kal demeyle kalabilseydi gidenler. Seviyorum demekle sevebilselerdi. En güzel duyguların kendilerine ait olduklarını idrak edebilselerdi. Oysa yazık oluyor verilen her çabaya. Gittiği yerde bu değeri bulup bulamama endişesi.

En güzel şeyler hep biter.

En güzel hayaller hep yarım bırakılır.

En güzel kalpler kırılır.

Seni de en güzel ben sevebilirdim. Sen bu gerçeği yok ettin. Gideceğin yerde seni benim gibi severler zannettin.

En güzel duyguları yok ettin.

Sen gittin.

İçimde bittin.

Sen gittin,

Ve küstü bu şehir iklim şartlarına.

Artık çok uzun yazmayacağım. Çünkü yoruldum. Artık iki kelimeyi bir araya getirecek gücüm kalmadı belki de. Bu güçsüzlüğümden çok faydalandı insanlar ve hayat. Her gelen bir kelime götürdü benden. Cümle kuracak harf kalmadı kelime haznemde. Oysa giden yanında beni de götürseydi, ona dünyanın en güzel cümlelerini kurabilirdim.

Bir çalar saat gibi kalbimi hep ona kurardım, kalbimi hep o çalardı.

İnsan bildiği şeyleri unutabiliyor malum. Bir gülüş, hafızana kazınmışken o gülüşün içinde yabancı birisi oluyorsun. Kendimle alakalı şunları söyleyebilirim. Sanırım duygularımı ön plana atmayalı bayağı oldu. Unuttuğum, yarım bıraktığım şeyler var.

Evet, bu benim bencilliğimden kaynaklanıyor. Aslında ben de bencil olduğumun yeni farkına vardım.

Onun gülüşü hafızama kazındığında anladım bencil olmam gerektiğini. Kendimce kurallar belirledim.

Saçma sapan bir ruh halinde olduğum için onun içimdeki yerini mantıksal olarak anlatabilmem mantıklı değil.

Ama bazen aşk mantık içermiyor. Bu yüzden yapılıyor mantık evlilikleri.

Yani özetlemek gerekirse bazı şeylerin değiştiğine şahitlik yapıyor ömrümüz. Olur öyle arada. Çok olur hatta. Ben bile bazen söyleyebileceklerimi unutabiliyorum.

Senin kalbin Not my style.

Söylemek istediklerim, düşündüklerim daha önemlisi hislerim benim yerime söylendiği zaman huzurlu ve mutlu hissediyorum kendimi.

Bir şey yapmanın gereği yok psikolojisi. Bir şey söylememe gerek yok düşüncesi.

Duygularımızı farklı kılmaya gerek yok. Hepimizin kalbi aynı melodiyle atmakta. Hepimizin duyguları birbirimizinkiyle aynı.

İzlediğimiz film aynı. Sadece farklı koltuklarda oturuyoruz. Kalbimizi açsak hepimizin göreceği manzara aynı. Kırıklar, yarım bırakılan beklentiler, vs.

Farklı bardakların içinde içilmeyi bekleyen su gibiyiz. Hemen hemen tek farkımız bu.

Bizi sahiplenen bardağın rengi, şekli bile aynı. Ve birimiz, diğerinden gittiğinde aslında kendimizden gidiyoruz. Buna sebebiyet veren şey ne olursa olsun. Bir insanın gidişine sebebiyet veren, gidişine sessiz kalmak yeterince anormal.

Ne acı ki acı yaşamanın bile kendi içinde boyutları var. Çünkü bu acıdan sadece sen sorumlu değilsin.

Bir zamanlar ortak olduğunuz bazı duygulardan sonra seni bu acıya iten insanı da unutmuyorsun. Bu yüzden çekeceğin acının bile başkasının tarafından boyutlandırılıp önüne koyulacağını unutma.

Bu nasıl Dünya kardeşim?

Acı çekerken bile özgür olamıyorsun.

Sen benim iliklerime kadar acıyı bana hissettirendin,
Ben seni nasıl unutabilirdim?

Onunla olmadıysa başka hiç kimseyle olmaz herhalde

Her halinde sevdin değil mi? Her anında. Gününün bir dakikasını bile boşa geçirmeyerek. Her ne yaparsa yapsın alttan aldın. Suçluyken de özür dileyen sen oldun, suçsuzken de. Sevsen olmadı. Sevmesen olmadı.

Bu aşk senin üzerine çok yakıştı.

Ama mutlu olacaksınız ya bazı şeyler mutluluğun yaşanmaması için gelir hayatında hep.

Kırsa, sevdiniz.

Ağlatsa, özlediniz.

Gitse, beklediniz.

Ona ait duygularının hiçe sayıldığını görünce zoruna gidiyor. Bazı şeylerin olmayacağını bile bile oldurmaya çalışmanın bir anlam ifade etmediğini öğreniyorsun.

Onda bulduğun parçanı başkasında bulacağını düşünemiyorsun bile.

Ben en güzel sevgimi onun önüne sundum, beni o sevmediyse başka hiç kimse sevemez.

Sevmesi gereken sevmiyorsa başkasının sevmesi de bir anlam ifade etmez.

Geriye kalansa biraz pişmanlık, biraz kırgınlık ve bolca yaşanmışlık. Unutmanın başka bir yolu kalmadı.

Baktım olmadı,
Ben yine sana baktım kalbimin tek yönlü sokağı.

Bana çektirdiğin o kadar acıya rağmen, bir an olsun bıraktığın yörüngenin dışına çıkmadım.

Sen daha sana verilen sevginin değerini bilemezken, senin bıraktığın acılara bile sadık kaldım.

Bazıları daha kendisine ait kalbe sadık olamadıkları halde, ben hep bana bırakılan acılara sarıldım.

Çünkü sen bıraktın diye haddinden fazla acı çekmişliğim var benim.

Canımın sızısını bilmiyorsun, yemin ederim bilmiyorsun.

İçimde bir parça var, onu söküp atamadım hiçbir zaman. Çünkü bu güce sahip değildim. Bunu çok iyi biliyordun. Sen hep en zayıf noktamdan yaraladın beni. Biliyordun çaresiz olduğumu.

İçimdeki o parçayı söküp atabilseydim, belki daha az yanacaktı canım.

Olsun dedim olsun. O yeter ki giderken bir şey bıraksın bana.

Bu acı da olsa,

Seve seve çekilir.

Bu canı kaçıncı defa yakıp yıkışın.
İşin ilginç yanı hâlâ sana yanıyor canım.

Sevdiğini söyleyip iki gün sonra ortadan kaybolan insan sıfatını taşıdığını zanneden israf beyinliler, sen o duygularıyla oynadığın, umut verip güven aşıladığın insanın gönül sadakasını iki dünya'da da ödeyemeyeceksin.

Hemen size değer verildiğini hissettiğiniz an başlıyor oranız buranız oynamaya. Rahat duramıyorsunuz. İki dakika sadık, iki dakika lafınızın adamı olamıyorsunuz.

Gittiğiniz yerde size böyle değer verileceğine inanarak gidersiniz. Sonra o duygularıyla oynadığınız insanın size sunduğu huzuru hissedemez geri gelmek istersiniz.

Ortalıkta insanım diye gezmeyin, kalabalık yapmaktan başka bir işe yaradığınız yok.

Herkesin bir insana değer vereceği zaman ilk önce karşısındaki insanın insanlık kriterlerini iyice incelemesi sonra değer vermesi dileğiyle.

Bazen öyle bir an geliyor ki "Ben bu kadarına dayanamayacağım, bu kadarı fazla." demek istediğini biliyorum. Ama diyemiyorsun. Başaramıyorsun. Dayanmak zorundasın çünkü. İhtimalleri aklına getirip kendini yıpratıyorsun.

Hayatında tattığın en acı zamanların provasını yapıyorsun. Ama aslında aklına bile getirmen mantıklı değil. Her şey yolunda diyemiyorsun. Çünkü değildir çoğu zaman.

Hayatta sevdiklerimizden başka bir şey yolunda değil ve hiç bir şey yolunda gitmiyor. Sevdiklerimiz hariç.

En kötüsü de ne biliyor musun? Elinden bir şey gelmemesi. İnsanı en çaresiz hale sokan da bu.

Seni anlıyorum.

Ben en çok seni sevmek isterken, en çok sende yaralandım. Kalbimin ilk ağrısıydın.

Bir acı ne zaman eskir?

Geçmişte yaşadığımız acıların tekrarlanması en büyük korkumuzdur. Kimimiz geçmişte aldığı darbelerden yola çıkarak bir daha aynı hataya düşmemek için sağlam atarız adımlarımızı. Kimimiz akıllanmaz aynı hatayı defalarca kez tekrar ederiz.

Geçmişte acıya mahkûm edilen kalpler güzel sever. İyi sever. Çünkü açtır mutluluğa, sevilmeye.

Ben de açtım sevilmeye. İstediğim tek şey, sevildiğim kişi tarafından biraz huzurla dolmaktı. Huzuru hissetmeyeli o kadar oldu ki.

Mutluluğu gerçekten kalbinde bulacağımı sandığım, en azından kendimi kandırdığım birisiydin sadece.

Bağımızı koparalı aylar oldu. Ben ona dair umutlarımı yok etmeye başlamıştım. Çünkü varlığını hissedemiyordum. Kiminle, nerede ne yaptığı konusunda hiçbir fikrim yoktu. Bir kez olsun merak edip aramışlığı yoktu. Nasıl sevilirdi ki böyle birisi? Nasıl yaşardı ona olan umutlarım?

Aylar sonra rahatsızlandığı için beni aradı, kötü olduğunu söyledi. Sesi harbiden kötü geliyordu. Her şeyi bir kenara bırakıp yanına gittim. Gitmem gerekiyordu çünkü.

Onun en zor anında yanında oldum. Olur da biraz yükünü hafifletirim, olur da bazı şeyleri fark eder diye. Ama yok, etmedi.

Oysa ona en çok ihtiyacım olan zamanlar da bir kez olsun yanımda olmadı. Olmayı denemedi bile.

Sonra iyileşti.

Şimdi görmüyor beni.

Peki, bunun adı aşk mı?

Pişmanlık mı?

Çaresizlik mi?

Ben kimseden hak ettiğimden fazlasını beklemedim.
Bu değer de olsa, ilgi de olsa. Sevgi de olsa.
Ama hak etmeyenlere koşulsuz fazlasını yaptım.
Ve evet,
Bir acı ne zaman eskir biliyor musun?
Hissetmemeye başladığında.
Alıştığında.

Acıdan kıvranmak, bilirsiniz.
Mutlaka bilirsiniz.
Alışmaktan kastım buydu.

Seninleyken daha iyi varıyorum huzurun tadına. Ellerini ellerimdeyken izliyorum. Böyle daha iyi anlıyorum hayatın tadını. Şarkılar daha anlamlı geliyor kulağıma.

Kötü anılarımdan, acılarımdan böylelikle biraz da olsa uzaklaşabiliyorum, daha çok yaklaşıyorum sana.

Ne yalan söyleyeyim içinde ölmek istiyorum. En çok seninleyken yaşıyorum, nefes aldığımın farkına varıyorum. Bir kalbim olduğunun hissine varıyorum. Daha iyi davranmam gerektiğini anlıyorum kalbime. Çünkü orada senin olduğunun bilincindeyim.

Hani karnında bir bebek olduğu hissiyle yaşayan annenin kendisine olan özeni, dikkati gibi bu.

İçimde seni taşıdığımın mutluluğu bana yetiyor.

Canımsın sen.

Canımın özü,

Canımın ta içi.

Makyajla bir şeylerin daha çok güzelleşeceğine inananlar
Kalplerini maviye boyasınlar.
İnsanların kalbi siyahlaşmış.
Sevmeyi unutmuş.
O zaman daha güzel olursunuz.
Bu sizi çekici kılar.
Eğer bir gün gökyüzü gibi mavi olmayı başarırsanız,
Martılar hep sizin yüreğinize ev sahipliği yapar.

Sana demlenilen çaydım,
Sen beni hep soğuttun.

Bekletilen çayın soğuduğu gibi bir kalp de soğuyabilir. Beklenilen sevginin hissettirilmemesi ya da geç gelmesi bir kalbi soğutan en önemli hususlardandır. Hissettirmek nasıl aşkın en önemli silahlarından birisiyse, sevdiği kadına karşı da en büyük silahı olmalı seven adamın. En zayıf noktasından vurabilmeli kadını.

Kadınların en zayıf noktaları ilgidir.
Gerçek ilgiyi hissettikleri adamlara alışırlar.
Ama hissettirebilmek en önemli rol.
Başrol sensin adam.

İster bu aşkı geciktirip lezzetli bir çayı bayatlat, kadının sana sunacağı lezzetli bir aşkı soğut. İster sevilmesi gerekeni zamanında ve tadında sevip bu aşkın tadına doyma.

Karar senin.

Yeter ki senin demlediğin çay olsun soframda,
Soyadım ne de güzel yakışır adının yanına...

Bana güvenmeni seviyorum. Çünkü kendimi bana olan güvenimde buluyordum. Her ne yaşarsak yaşayalım, sonuç olarak senden hiç kopmazdım. Bir insana güvenmek gerçekten zor zanaat. Söylenişi gibi kolay değil.

Her "Bana güvenebilirsin." cümlesinin altında, "Sana güvendiğim güne lanet olsun." yatar.

Bir şekilde güveniyorsun, aynı acıları bir kez daha yaşıyorsun. Bir yara bandı aynı yaraya kaç defa yapışabilir ki?

O yüzden güven de tek kullanımlıktır ama çoğu insan bunu kullanmasını bilmiyor. Yanında kullanım kılavuzu verilse yine aynı haltı yiyecekler.

Kullandıkları tek şey sevenlerin duyguları oluyor. Ben senden daha çok bana güvenmeni sevdim. Seni de sevdim tabii ki. Ama korumam gereken en önemli şeydi güven.

Bir erkek namusu gibi saklamalı gerçekten sevdiği kadının güvenini.

Dizlerine başımı koyup, saçlarımla oynaman zaten beni dünyanın en mutlu adamı kılıyordu.

Parmaklarının saçlarımın arasında gezmesi kelebek hissi veriyordu bana.

Beni sorgulamayı biliyordun, bunu başarabilen yoktu. Sana adadığım, gerçekleştirmemiz gereken onca hayal ortada öylece duruyor şimdi.

Beni özledin mi diye sorma, bir ara...

Sesini duysam sesine sarılacağım, o derece.

Kokunu şuuruma hapsedip ezberlemeden ölmek istemiyorum.

Onun her kokusunu ezbere bilmek vardı,

Evet o kadar şanslı olmak vardı. Dışarıda mutlu gözükmeye halim yok sadece onunla mutlu olmaya ve hep ona ait kalmaya ihtiyacım var.

Ve bunu başarabileceğim.

Sanırım o yanımda olmasa da ona ait kalabileceğim.

Haberin yok,
Her sabah seni yeniden daha çok severek uyanıyorum.
Ben sana uyanıyorum.
Fakat seni bulmadan...
Seni yaşamadan...
Sadece sensiz ve sessizce.

Ne zaman hevesle sevmek istesem,
Sonrasında solum hep felç.

İnsan sevmek istiyor. Hevesimizi kursağımızda bırakanlar olmasa, daha güzel sevmek isteyeceğiz ama korkuyor işte insan ister istemez.

Bir adım atsan, uçurumdan aşağı düşecek gibi korkuyorsun.

Bir insana adım atarken on defa düşünüyorum.

On defa düşündüğüm düşünceleri, düşünemediğim yalnızca bir nokta götürüyor.

Ne zaman sevmek istesem, hep yarım bırakıldım. Ya beni tamamlayabilecek birisiyle karşılaşmadım ya da gerçekten insanlar kabuğuna çekildi.

Ne zaman sevmek istesem, sevilmeme ihtimalini düşünerek istedim tabii ki sevmeyi.

Sevginin karşılıksızı olmayacak diye bir kaide yok. Şu anda sevip sevilmeyen o kadar çok insan var ki say say bitiremezsin.

Gerçi benim matematiğim iyi değildir. Hiçbir zaman çıkaramadım seni içimden. En güzel, en gizli yere saklamışım sanki. Ben bile izin vermiyorum galiba seni içimden çıkarmaya.

Ben ne zaman sevmek istesem, ertesi gün seni alçıya aldırdım kalbimde. Ben ne zaman sevmek istesem, sevilme ihtimalimi düşünmeyerek istedim.

Sonra da hep solum felç gezdim.

Benden bu kadar kolay gidebilen birine
"seviyordu" diyemem.
Ama hâlâ sevmeye devam edebilirim.

Bazen çok özlüyorum. Sana da oluyor mu? Aslına bakarsan düşünmeyeceğim, aklıma getirmeyeceğim derken seni özlerken buluyorum kendimi. Sonra duygularımı öldürüşün geliyor aklıma, vazgeçiyorum...

Aslında sordukları zaman özlemiyorum deyip, içi içine kendini yeyip bitirmek en zoru. Anlatsan kimse anlamayacak bile. Seni senden başka kimse anlayamaz.

At içine, içinde büyüt aşkını. Belki gün gelir, tekrar gözlerinin içine bakar. Sen kendini onun gözlerinde görürsün, sana sevdiğini söyler.

O an acı içine yeniden işler. Canının sızısına kimsenin katlanmama gerçeği biraz daha acıtır. İçindeki koca umutların belki ihtimaline kalmış olması zoruna gider.

Sevmek her zaman acıtır. Önemli olan bu acıyı sana hangi boyutta yaşatacak olan insanı iyi seçebilmen.

Gerçi kalp seçici olamıyor. Sevdi mi geçmiyor. Sen de ona söz geçiremiyorsun. Sıkıysa gel de sevme diyebil. Seni adam yerine koymaz ki.

Daha dik durabilmek için içindeki sızıdan kimselere bahsetmek istemezsin. Çünkü seni anlama ihtimalleri sıfırın altındadır Sen bu sevginin altında kalma da. Gerisi mühim değil. Seni bir çırpıda silebileni sen içinden silemezsin. Mümkün değil.

Acın hafiflemeden ne kimseye anlatabilirsin, ne unutmaya çalışabilirsin. Senin hissettiğin o an sadece çaresizlik. Kimsenin seni anlayamama, acının üzerinde yaptığı ağırlığın çaresizliği. İçindeki parçaları sabit tutmak için verdiğin çaresizlik...

Bir nevi ayna görevi görürdü gözleri.
Ne zaman baksam, kendimi görürdüm.
Buydu onu içime saklama sebebim.

En kötüsü de ne biliyor musun?
Seni içimden söküp atsam fark etmeyeceksin bile.

Yeri gelince çok güzel seven kadınlar, gün geliyor duygusuz bir varlığa dönüşebiliyor. Bundaki en büyük pay sevmeyi bile beceremeyen adamlar.

Birincisi bir kadını severken erkeklik ve adamlık boyutuna karşındaki kadının farkına varmasını sağlaman çok önemlidir.

En güzel duygularını, hayallerini sevdiği ya da sevmek istediği adama saklar kadınlar. Gün gelir bazı şeylerin farkına vardığında babasının soyadından vazgeçmeyi bile yeğler.

Sevmeyi bilmeyen adamlara adadıkları hayaller suya düştüğünde düşer gözündeki rimeli yastığına. Gözyaşlarıyla beraber...

Eğer günün birinde bir kadınla hem ömrümü, hem de soyadımı paylaşma imkânım olur da evlenirsem, ondan yastığını isteyeceğim. Çünkü benden sonra kokusunun sindiği tek şeydi o.

Benim en çok yanında olmak isteyip de olamadığım gecelerde o yanındaydı.

Böyle sevmelisin bir kadını.

Sevmesini bilmeyen bir adam bile olsan, sadık ol. Bu da yeter. Çünkü sevdikleri adam için azla yetinmesini de bilir kadınlar.

Gerçekten sevgi bunu gerektirir. Azla yetinmesini öğretmek.

Eğer seni gerçekten çok seviyorsa bir kadın, ona bir avuç mutluluk yeterlidir.

Seni gerçekten çok seven bir kadının sevgisine sahip çıkamayacak kadar aciz bir adamsan, bir avuç fındık sana yeter.

Beyin faaliyetlerini geliştiriyormuş.

Bir avuç ceviz ise hem beyin hem kalp faaliyetlerine sağlıklıymış.

Ve artık kalbimde bir boşluk,
Ne senin ne de başkasının doldurabileceği...

Sevmek ve pişmanlık

Çok sevdiğin zaman ikiye ayrılıyorsun ya da kırıldığın zaman parçalara ayrılıyorsun.

Pişmanlığı tatmamak için elinden geleni de yapsan ikiye bölüyor seni sevdiğin. Bir parçan onu hayatına dâhil ettiğin için pişmanlık duyuyor. Diğer yanınsa hâlâ onu bekliyor. Onu sevmekle meşgul.

Ben ikiye ayrılmadım. Binlerce parçalara bölündüm. Hepsinde ayrı bir hüzün barındırarak paramparça oldum.

Elimden geleni yaptım. Kalbimden gelenin fazlasını yaptım. Ama artık ne elini tutacak derman var ellerimde ne de seni sevebilecek güce sahip bir kalbim. Gidecek bir yerim yok.

Öylece kalakaldım.

Seni sordular.
Düşünebiliyor musun? Seni bana sordular.
Ben biri adını ağzına alır diye, adını kimseye andırmadım.
Onlarsa seni bana sordular.
"Neyin oluyor o kadın senin?"
Bense sadece, "Uzaktan yandığım..." diyebildim...

Benden başka sevenin mi vardı ki?

Giden sen. Eksilen ben.

Hani eşit şekilde paylaşacaktık bu ayrılığı? Hiçbir şey götürmemişsin giderken. Kendinden başka. Beni de alsaydın ya yanına. Yük olmazdım sana. Sadece sen nereye ben oraya.

Yanında biterdim. Ama sende bitmezdim.

İnsanlara seni gösterip, benim sevdiğim bu diye göstereceğim yerde göz göze gelmekten korktuğumdan kafamı yerden kaldıramaz oldum. Ama seni de üzecekler. Acıyı iliklerine kadar yaşadığın acıda bile beni arayacaksın.

Beni anlaman için benim yaşadıklarımı yaşaman gerekiyor. Ancak o zaman farkına varırsın bazı şeylerin. Bütün bir parça halindeyken, canından çok sevdiğin senden gittiğinde ikiye bölünmenin ne demek olduğunu o an hissedersin. Her şeyi; acıyı, pişmanlığı, işin işten geçmişliğini... Benim senden geçmişliğimi...

Her şeyi hissedeceksin. Bir şey hariç: Ben.

Sen benim seni gördüğümde kalbimin titrediğiydin. Şimdi ise görmek istemediğim için başımı yukarı kaldırmadığımsın.

Bizi sevmeyen insanları sevmediğimiz zaman daha güzel olur belki hayat. Daha yaşanılası bir gezegen olur bu Dünya. Yaşamın farkına varırız.

Sevmeyiniz.

Bu aşkta kaybedecek olan sizsiniz.

İkiniz şu an sizsiniz.

Siz bayan, bu kalpte yalnızca bir izsiniz.

Filmi ben seçerim. (Gizli mesaj)

Hayattan hiçbir zaman yüksek beklentilerim olmadı. Her zaman başarıyı elde edeyim, en mutlu insan ben olayım, hayatın tadını çıkarayım diye düşüncelerim olmadı. Tek isteğim ne oldu biliyor musunuz? Arpa tanesi kadar huzuru hissetmek. Ve bunu bana bir kadının sadece bir kadının hissettirmesini istemek oldu. Ben başarısızlığı elde ettiysem de yanımda bir sevenimin olmasını biliyor olmam benim hayattaki en büyük başarımdır zaten.

Benim fazlalarımı yüzüme çarparak değil de beni eksikliklerime rağmen bir an olsun sevmekten vazgeçmeyecek bir kadının kalp atışlarını dinlemek istiyorum. -Ayva göbeğini yastığım olarak kullanmak istemem de sevdaya dâhil.-

Kahvesini kendi yapan insanlar yalnızlığa alışmışlardır. Buna ben de dâhil. Ne zaman kahve yapsam, kahve bitmeye yakın her fincanın dibinde biraz bırakırım. Nedeni nedir bilmiyorum ama böyle huy edindim kendime.

Hiçbir fincanın sonuna kadar içmeyi beceremem kahvemi. Ki kahveyi çok sevdiğim halde.

Ama senin yaptığın kahveyi sonuna kadar içerdim. En büyük hayalimdi yanıma elinde iki fincanla gelmen.

Dedim hadi kahveleri yap, ben de filmi seçeyim bari.

Mutfağa gitti. Ben de hâlâ oturuyorum.

Film falan hikâye.

Kahveleri yapıp getirdikten sonra "Ee hani film seçmemişsin." diye söylendi.

Aldım kahvemi.

Oturttum yanıma.

Uzandı omuzlarıma.

Film seçmeme gerek yok.

En güzel film biz değil miyiz zaten?

Ben böyle seni sabaha kadar izleyebilirim.

Ben izleyeceğim filmi seni hissettiğim gün seçtim.

Ve o andan beri izlemeye devam ediyorum.

Şimdi bana sende katıl.

Seni izleyen herkes oyuncudur,
Bu aşkın yönetmeni benim.

Her yalnızlık kötü değildir.

Yalnız kalmak göreceli bir kavram. Kimisi umutları kırılınca girer yalnızlık kapısından. Kimisi büyük hayal kırıklıklarıyla.

Eninde sonunda bizim de gireceğimiz bu kapıdan içeri nasıl bir kafa yapısıyla girmemizdir önemli olan.

Yalnızken her insan kabuğuna çekilir. Kendini en iyi dinleme fırsatıdır aslında.

Bir gidiş, insana çok şey katabilir. Ona muhtaç olmadığını fark ettirebilir sana. Onsuz da nefes almayı başardığını sana kanıtlayabilir.

İnsana bir kez sunulan bu hayat yolunda onsuz da yaşadığını hissedebilirsin mesela. Bir şeylere tek başına devam edebilmeni sağlar.

Yalnızlık insanın kendini tanıması için çok güzel bir fırsattır. Yenilikler keşfedersin içinde. Yeni umutlar yeşerir.

Ve sen o umutlardan kimseye bahsetme. Yalnızlığa alışmış duygular, yıllanmış şarap gibidir. Pahalıdır, zor kazanılır. Kolay elde edilemez.

Ağzının tadını bilen, kıyar sabrına kazanır bu duyguları.

Senin gidişin sadece senin eksenindekileri götürür. Ne içimdekileri eskitir, ne azaltır. Bu gidişlerle vazgeçilmez sevmekten. Tamam biraz yorulunur ama vazgeçilmez.

Senin gidişin bende bir şey eksiltmedi. Sadece eksik bir parça bıraktı. Aksine daha da çok sevdiğimi söylesem yalan olmaz.

Belki de bu kalbimin inadı. Sana kafa tutuşudur belki. Senin gidişlerine karşı benim kalışlarım.

Senin gidişin benim hislerimde hiçbir şey eksiltmez. Benden ne götürebilirsin giderken? Kokun desem, ciğerlerime depoladım. Sesin desem kulaklarıma hapsedilmiş.

Benden götürebileceğin tek şey ne olur biliyor musun? Hislerim. Çünkü bir insan sizin hislerinizi yok ederse, o insana tekrar alışmanız zor olabilir.

Benden götüreceğin tek şey sana ait olan hislerim olur. Zaten sana ait onlar da.

Oysa canımın içi diye sevmiştim seni.
Sen hep şu içimi acıttın...

Benim mutluluğa ihtiyacım vardı.

Belki sende bulacağıma inandığım ya da kendimi kandırdığım dönemlerdi. Belki biraz sende var olduğumu hissetsem, mutlu olmama yetecek. Küçük bir neden ama o bile yok yani.

Belki sen de bir başkası için kandırıyorsun kendini. İnsanlar kendilerini çok sevebilecek kalpleri bazen göremeyecek kadar geçici körlükler yaşayabiliyor.

Ama sen kör değildin. Nankördün.

Sana yaptığım iyilikleri, senin iyiliğin için düşündüğüm her terimi, seni sevmelerimi kolayca silip atabilecek kadar koca bir nankördün.

Ne yapsam bir o kalbine yaranamadım. Oysa sen beni kazanmak için hiçbir şey yapmadın.

Sadece seviyorumlarınla yetindirdin beni. Bense azla yetinmeyi başardığım için sen de hep bunu fırsat bildin. Sevdiğini söylemek sana yetti. Bu kalp sensiz bile bu aşkla yetindi.

Uğraş içinde olduğum her şeyi bıraktım. Otogara gidip onun yanına gitmek için bilet aldım. Ona haber vermedim. Belki hoşuna gider de biraz mutlu olur diye.

Benim için çabalayan, beni sevdiği için hiçbir çabayı esirgemeyen bir adam var hayatımda der diye ona haber vermedim evet.

Aramızdaki mesafe on sekiz saatti. Hiçbir önemi yoktu. İçimdeki hisler 18 saatlik mesafeyi yenecek güce sahipti. Ben ona sahip değildim ama.

Ben hariç herkesin sahip olduğu kalp için neler yaptığıma bir bakın. Bu delilik olmalı. Akşam saat yedide bindim otobüse. Ertesi sabah sekizde inmiştim otogara.

Sabah sabah arayıp uyandırmamak için oyalandım sağda solda. Kıyamadım çünkü. Böyle de bir yufka yüreğim var ona karşı. Her şeye kafa tutan şu kalpceğizim, konu o olunca hep yenik düştü. Her şeyi en ufak hissine kadar anlatan ben, bunun tarifine gelince o kadar zengin değildi kelime haznem.

Benim kelime haznem geniş değildir. Lakin onun adı kadardır genişliği. Bu da en büyük hazinesiydi kelime haznemin.

Sevmesini bilen adamın alfabesi sevdiği kadının adı kadar olur. Bende öyleydi. En azından bende böyle olduğu için böyle düşünüyordum. En büyük hayalimdi onu uyurken izlemek.

Şehrine gelmiş olsam bile uyandırmaya kıyamayacak kadar varmış içimde yeri. Eşduyum olmana gerek yok. Bildiğin kalpsizsin.

Sen artık, sizsin...

Saat öğlene doğru gelmeye başlamıştı. O an onunla aynı şehri paylaşmanın verdiği his bana yetti. Aynı şehirde telefonla bile konuşuyor olmamız aşkın en zor tarif edilmesi haliydi. Onu aradığımda açmadı telefonu. Sonra üstüste aramaya başladım. Ve sonunda açtı.

"Ne var Miraç?" diye tepki verdi.

"Ne demek ne var? Şehrine geldim kadın. Her şeyimi bırakıp çıkıp geldim. Hani sevgini göstermek için çabalamadığın adam var ya, senin şehrine geldi. Otogardayım ben. Ya gel beni al ya da nereye istiyorsan oraya geleyim."

"Kimsenin bir yere geldiği gittiği yok. Geldiğin gibi bin otobüsüne geri dön. Benim hayatımda başka birisi var ve onu çok seviyorum. Bizden olmaz, ben seni hak etmiyorum ve sen de kendini bu kadar yorma, hoşça kal." dedi ve telefonu kapattı. Ben o an neye uğradığımı şaşırdım. Dünya başıma yıkılmıştı sanki. Otogarda bankın üstüne oturup kalmaktan başka bir şey gelmedi o an elimden.

İstem dışı gözlerim sulanmaya başladı. Ağlayacaktım dokunsalar. Ama yok aramadım daha sonra hiç. Ben daha ne yapsaydım ki.

Hislerime dayanarak gelmiştim oysa. Demek ki hisler her zaman doğru yolu göstermiyor, yanıltabiliyor. Bunu anladım. O an sıçmak istedim duygularımın ağzına. Hak etmeyen bir kadın için neden böyle bir şeyi yaparım ki ben.

Hâlâ şoktayım. Ne desem, ne yapsam hiç bilmiyorum. Hiç aramadım sonra. Buraya kadar geldim ve bana onları söyleyen kadını aramam bir şey değiştirmez. Ben o cümleleri işitmek için mi gelmiştim buraya?

Gittim aldım dönüş biletimi. Geldiğim gibi paşa paşa geri döndüm. Tam otobüse binerken otogarın fotoğrafını çektim. Belki geldiğime inanmamıştır diye ona yollamak için.

Otobüs hareket etti. Ondan uzaklaştığım her an pişmanlığı hissedebiliyordum içimde. Hayatımda yaptığım en aptalca şeylerden birisi de buydu.

Sevdiğine inandırmışım meğerse kendimi. Hep avutulan ben olmuşum. Meğer bu kalbi hak etmiyormuş.

Ona artık son cümlelerimi kurup, içimdeki zehri boşaltmak istiyordum. Otogarı çektiğim fotoğrafın açıklama bölümüne yazdıklarım:

"Meğer ne yanlış yapmışım. Kendimi kandırmışım sadece. Hak edeceğini düşünerek sana neler adamışım. Bir kalp ayırmışım, sadece senin girip çıkabileceğin.

Sadık bir kalp. Büsbütün bir kalp. Onu paramparça hale getirdin sen. Umutlarımı, hislerimi, duygularımı yok ettin. Oysa yoktan var ederek sevmiştim ben seni. Eğer senden başkasında arayacak kadar aciz olursam senden sonra sarıldığım her beden bana haram olsun demiştin ya, sen şimdi onu da hatırlamazsın. Evet sana bundan sonra her aşk haram. Sen bu ahla mutlu olamayacaksın. Zamanı geldiğinde evet ben de sana döneceğim. Ama sırtımı. Sen de bununla yetineceksin. Benim ufak şeylerle yetindiğim gibi. Ama sen başaramazsın. Zora gelemezsin, anlamazsın böyle şeylerden. Bu kareyi unutma. Belki inanmazsın diye sana çekip atmak için çekmiştim.

Bu fotoğrafı sakla. Eğer hayatımda başkası var dediğin o adam senin için sevmekten başka bir şey yapmazsa bu fotoğrafı göster ona.

Senin varlığın yetmezse ona, benim sen yokken seni nasıl delicesine sevdiğimi anlat. İliklerine kadar hissetsin. Hissettsin ki böylesine seven bir adamı yarı yolda bırakan kadınla haram bir aşkı yaşamaktan kaçınsın. Bu mesajı sana yollarken bile akan bu gözyaşlarıma öbür tarafta bir damla su gibi muhtaç olacaksın."

Eve döndükten bir iki hafta sonra gizli numaradan beni birisi aradı. Açtım. Alo bile demedim. Sadece telefonu açtım. Durgun bir sesle adımla seslendi bana. Bu onun sesiydi:

"Çok pişmanım. Bu vicdan azabıyla yaşayamıyorum. Üzerimde senin ahın varken başkasıyla bırak mutlu olmayı başkasının gözüne bile bakamıyorum. Lütfen bana hakkını helal et."

Ben de son kez ekledim:

"Seven bir adamdım. Üzerime düşeni yaptım. Vicdanım rahat. Bana kendini tanıttın. Ki benim görmediğim şeyler varmış sende. Diğer yüzün gibi. Onu bana sen gösterdin. Bundan dolayı sana teşekkür ederim.

Hakkımı helal etmeye gelince sana hakkım helal, sevgim haram olsun. Bundan sonra yaşayacağın her aşk sana bu aşkın hesabını sorsun.

Mutlu ol."

Ve telefonu kapattım.

Kapattıktan sonra ağlamaya başladım. Anlamıştım artık içimde bir şeylerin eriyip gittiğini. Engel olamasam da bitmek zorundaydı. Hak etmeyen birisini daha fazla içimde tutamazdım. Saçmalık olurdu.

Benim vicdanım rahat, senin de varsa vicdanın içinde bir yerde koy elini üstüne. Beni anlatacaktır sana. Bite bite...

Bazen onun için kurulan cümleleri o hariç herkes okur. Üzerine alınması gereken o iken herkes alınır.

Bu his meselesi. Hissiz bir insana dünyanın en güzel aşkını da sunsan o onu göremeyecek kadar kördür. Fayda etmez yani. Sevilmedikçe önemi yoktur hiçbir şeyin.

Ben ona yazdım,
O başkasıyla okudu.
Genellikle hep böyle olur zaten.
Biz ona ağlarız, o başkasıyla gülerken.
Bizim onun için yaptığımız ne varsa,
Hiç bir önemi yoktur.
Biz severiz,
Başkaları alır.

En çok gülüşlerde saklanır acılar.
Güldüğün zaman mutluluktan ölüyorsun sanırlar.

Bazen öyle acılar vardır ki, insanın gülüşüne çok başarılı kamufle olurlar. Ve sen gülmek zorunda hissedersin kendini. Gülmediğin zaman daha çok güçsüz olduğunu gören biraz daha kıracak gibi endişenden etrafa saçtığın geçici gülümsemelerin vardır mesela. En güzel gülüşlere saklanan bu acılar insanın en derin acılarıdır. Güçsüz görünüp her gelenin seni paramparça edeceğine bu sahte gülücükleri saçmak en mantıklısı.

İçin içini yer. Kimse anlamaz. İçini dökmek istediğin birisine ihtiyacın olduğunu hissedersin. Oysa kimse yoktur seni anlayacak.

Benim en güzel gülüşlerimde muhafaza ettiğimdin.
Biz acıyı en sevdiklerimiz tarafından
İliklerimize kadar tatmış insanlarız.
Bizim gülüşlerimiz bile acıdır.

Hep sevdiklerimiz acıtmadı mı zaten?
"Çoğu zaman..."

Mutlu olmanı isterim.

Aramızdaki bağın kopması sonucu mutsuzluktan geber istemem tabii ki. O kadar acıyı bana tattırmana rağmen yine mutlu olmanı istemek de sevdaya dahil.

Bir yerlerde mutlu olduğunu bilmek bile yetebilir bana.

Yaşanılan her şeyi bir kenara bıraktım. Mutlu olman için dua ettim. Kendim için etmem gereken duaların sonucunda hep sana âmin dedim. Seni her zaman en güzel dualarımın amini kıldım.

Mutlu olduğunu bilmekle yetinen bir kalbi ellerinin tersiyle bir köşeye ittin sen. Ben o köşede hep sana dua ettim.

Aramıza ördüğün duvarlar olmasa daha yakın kılardı belki seni bana aşk.

Bazen aynı şehri paylaştığınızla aranıza duvarlar örecek kadar nankörleşebiliyorsun aşk!

Sana hiç yakışmıyor bu.

Mutlu ol.

Ama başkasıyla değil.

Çünkü bu beni üzer. Haddinden fazla üzer.

Bu bana gurur yaptırır. O zaman sana dua yerine beddua ederim. Hiç günaha sokma beni. Çekil köşene benim gibi. Mutluluğuna bak. İçinde bana dair hisler taşırken başkasında arama mutluluğu.

Aradığınız mutluluğa şuanda ulaşılamıyor.
Lütfen daha sonra falan da denemeyin.
Çünkü nah ulaşırsınız. Gittim ben.

Doğru aşkla yanlış insanı sevmek
Aşka yapılan en büyük hakarettir.

Bazen, ne bazeni ya çoğu zaman doğru aşkı yanlış insana sunar bazı kalpler. Bunun sonucuysa sabahlara kadar uykusuzluk, çöken göz altları, kızaran gözler. Titrek bir ses. Çaresiz umutlardır. İçtiğin suyun bile tadını alamazsın.

Bir insanı hak etmediğinizi düşünüyorsanız daha fazla uzatmanın manası yok. Eğer sana sunulan sevgiyi hak etmediğini düşünüyorsan ona göre at adımını. Çünkü kırdığın her kalbin hesabını sorar yaradan. Bunun bilincinde olarak sev karşındaki insanı ve Rabbim de kimseyi doğru aşkla yanlış kalbe umut bağlamak zorunda bırakmasın. Ne zordur o.

Sevmeyi bilmeyen kalpler yüzünden, gerçek sevilmeyi hak eden insanlar bir köşede bırakılır. Terk edilir umutsuzluklara. Bunları hak etmezler. Ben de o köşenin bir üyesiyim. Yeni sayılmam. Uzun süredir buradayım. Selamlar.

Bir kalp, bir diğerine kaybetme korkusuyla çarpmalı. Bu ölüm dahi olsa.

İhtimalleri unutmayınız.

Kalbine o kadar yakın, kollarının arasına alamayacak kadar uzak düşürmesin Allah kimseyi.

Sevilmesi gereken bizdik. Sonra sanki onların duygularıyla biz oynamışız gibi muamele gören de bizdik. Ee ne anladım ben bu işten?

Hep canları yandı diye bizim canımızı yaktılar.
Sanki onları inciten bizmişiz gibi.

Ölümsüzlüğün iksirini bir tek yazarlar bilir.
Hiç şüphesiz bunun formülü,
Kalbindeki taşıdığı için sarf ettiği cümlelerden geçer.

Ben seni ölümsüz ilan ettim.
Kendim ölümlü olduğumu bildiğim halde,
Beş dakika sonramın garantisi yokken
Seni ölümsüzce sevdim.
Ümitsizce...

Bazen insanın tüm yorgunluğu gözlerinden okunur.

Her ne kadar içine atarsan at, bazen taşıyorsun. İçeride artık yer kalmayınca ağlamak istiyorsun. O da olmuyor. Bir insanın gözleri, kendi yorgunluğunu açık ve net bir şekilde özetleme gücüne sahip.

Gözlerini sadece görme organı olarak kullanma yar,
O gözler beni sırat köprüsünden geçirir!

Bazen yorulmaktan da usanıyorsun. Yorulmak bile yoruyor insanı. İnsan yorgun olsa da sevebileceği birisini istiyor hayatında... Dinlene dinlene sevmek için, bu bakışların boşa gitmemesi için...

Beni sevme demelerin bir şey değiştirmeyecek. Boşuna tüketiyorsun nefesini.

Sen nefesini tüketeceğine, beni sevmemelerine devam etmelisin. Zamanını böyle şeylerle harcama.

Beni sevme diyorsun ya hani,

Emin ol ben de sevmemek için elimden geleni yaptım ama olmadı. İnsan kalbine söz geçiremediği zaman kayboluyor duygularının içinde. Ne yol biliyor, ne yön. Ben de yönüm olarak seni bildim, hep sana geldim.

Şundan hiç şüphen olmasın:

Kalbime söz geçirdiğim ilk gün, seni asla ve asla sevmemesini söyleyeceğim...

Belki o zaman farkında olursun bazı şeylerin. Belki gerçekten seni sevdiğimi hissettirmeseydim severdin beni. Bazı şeyler gerçekçilik payı taşıdığı zaman gerçekçi olması devede kulak kalıyor.

Tam anlamıyla severken,
Eksik kalır ya insan.
Öyle işte...

Duygularını hak etmeyen bir adam uğruna heba etmiş kadını ne zaman anlarsın biliyor musun?

İstediği sevgiyi istediği adamdan göremeyen, beklentileri karşılanmadığı zaman, sevdiği zaman saçlarına kadar kırılan kadın duygularını ve hislerini rafa kaldırır. Ve sen o rafa kaldırılan duyguları bir kitap gibi okuduğun zaman başlarsın onu anlamaya.

O kitaptaki her cümlenin altını çize çize okumalısın. Yalnız okumakla anlamak arasındaki farkı da idrak etmelisin.

Geçmişinde nasıl kırıldığını, nelere üzüldüğünü, nelere ağladığını, bir adamı nasıl sevip nasıl sevilmediğini hepsini yazmalısın aklının bir köşesine.

Eksik yanlarının hepsini iyi ezberlemelisin ve o kitabın özetini anlatmalısın o kadına. Eğer doğru özet geçtiysen o kadın sana gönül de koyar çay da.

Kuş sütünü falan geçtim,
Senin demlediğin çay olsun yeter soframda...

Ne olursa olsun bir gün olsa bile vazgeçmeyeceğimizi anladıkları zaman oldu olanlar.

En zayıf noktamız onlardı ve bunu iyi kullanıp hep en zayıf noktamızdan vurdular bizi.

Vazgeçemeyeceğimizi bildikleri için bize tattırmadıkları acı kalmadı. Bir nevi işkence bu. Kimse sesini bile çıkarmadı. Değmez demeleri bu filme en güzel seyirci kalmalarının ortak noktasıydı.

Ve işin en korkunç yanı da
İnsanlara bir daha güvenmemeniz gerektiğini
En güzel duygularınızı
Emanet edip güvendiğiniz insandan öğrenmekti.

Aşk sadece ona kurabileceğin cümlelerden ibaret değildi. His meselesiydi. Sevilen hissetmeliydi sevildiğini. Hissetmeliydi ki iyi ki seviyorum diyebilmeyi.

İlk adımı erkeğin mi yoksa kadının mı atacağı sorusu akıllara yıllarca taht kurmuş durumda ve biz yıllardır o tahttan indirmiyoruz onu. Böyle olmamalı.

İçinizde beslediğiniz duygular zamanla taşmaya başlayacak sizden. Adım atmak zorunda hissedeceksiniz kendinizi.

Duygularından emin olan kadın ya da adam atar adımı.

Ve gerçekten seven insan bir an olsun geri adım atmaz. Eğer geri adım atıyorsa mayasında bozukluk vardır onun. Ne istediğini bilmiyordur o.

Duygularından emin olmayan kalplere girmeye çalışmayın. Adam gibi sevmenin yolu karşındaki insana sevgini hissettirmekten geçer.

Bu yolda seninle beraber yürüme cesaretine sahip olan senin elini bırakmaz.

Uzun süredir hayatıma kimseyi dâhil etmedim hayatıma. Bunun sebebi bir kadını çok sevdiğim için değil, bir kadını çok özlediğim için değil.

Tamam kabul, sevdiğim zaman neler yapabileceğim konusunda hangi birisini sayayım size? Sevdiğim zaman değişiyorum. Elimden geleni değil, elimden gelenin fazlasını yapıyorum. Ki böyle de olmalı zaten.

Özlediğim zaman nedensiz yere evinin önüne gidip bekleyenlerdenim.

Özledim demen bir şey ifade etmez. Özlediğine dair bir şeyler yapmalısın ki özledim demenin bir anlamı olsun. Özel kılsın ağzından çıkan özledim demelerini.

'Allah'ım ne olurdu şimdi yanımda olsaydı?' sorusunu sorduğunuz an, sevdiğinizin en büyük ispatıdır belki de. O hayatınızda olmadan önce bazı duyguların anlamının bilincine varamazsınız. Mesela sarılmanın. Mesela kirpiklerinden öpmenin.

Aşk yaşanılası bir terimdir. Ama yaşamasını bilenle. Sevmesini bilenle.

Sevmek de yetmiyor biliyorsunuz. Sevmek, seni çok seviyorum demekle olacak iş değildir. Çoğu zaman vazgeçmelisin. Ondan değil, kendinden. Kendi mutluluğundan kısmalısın. Elini taşın altına koymalısın. Gönlünü de ona koymalısın.

Anlayacağınız sevmek emek gerektirir.

Kolay değildir alışıp sevmek.

Seviyorum denilmeyle sevilmez.
Hissettireceksin ...

Seni hâlâ sevdiğime inanamıyorum. Gerçekten inanamıyorum. Kendime şaşırıyorum ama yine de bu sevme gerçeğimi değiştirmiyor.

Bunca zaman geçti. Neredeyim, kiminleyim, ne yapıyorum? Kimin omuzlarında döktüm gözyaşlarımı sana dair, hiç mi aklına gelmedi? Bu kadar mı önem verirdin sen gururuna? Benim acımı hafifletecek bir şey söyle bana. Seni içimden söküp atabilmem için bana bir şeyler söyle. Bir 'nasılsın?' mesajınla dinerdi acılarım.

En ufak bir 'nasılsın?' mesajıyla dinecek acılara sahip değilim tabii ki ama en azından bununla yetinirim. Bu da yeter. Hiç yoktan iyidir. Ben senin bıraktığın acılara bile sadık kalan bir adamdım. Sen ise sana sunulan sevgiyi hor görendin.

Sevenindim, sevmeyenimdin.

Bu hiç değişmedi. Benim tek başıma duygularım bunu değiştirmeye yetmedi.

Artık tek başıma bazı gerçekleri değiştirecek gücüm olduğunu söyleyemem. İnsan zaman geçtikçe yoruluyor sevmekten.

Sevenin olmak da güzel, sevmeyenim sen olunca.
Beni üzüp yormalarına rağmen
Sana hâlâ güzellikler katıp sevebiliyorum.

Ve sen ne zaman beni mutlu ettiysen,
Bedelini ödetir gibi ağlattın.

Güzel taktikti.

Kalman için sana kal diyemem. Bu sana git dediğim anlamına da gelmiyor. Zaten kalman için benim sana kal demelerime ihtiyacın olacağını sanmıyorum. Kalman için kendince sebepler üretip kalmalısın.

Belki bilmezsin, sana hatırlatayım ufaktan. Bir ihtimal bulamadıysan kalman için sebepleri kendinde. Gittiğim her yere seni de kalbimde taşımayı başarabiliyordum. Üstelik sana bunu hissettirebiliyordum. Bir gün olsun uzağımda olduğun halde uzağımdasın diye hislerimi geri çektim mi? Hayır.

Güne başladığımda seni severek başlayıp, seni özleyerek bitiriyorum günümü. Kafamı yastığa koyduğumda daha çok artıyor sevgin içimde.

Sana sevdiğim söylemekten çok hissettiriyorum mesela. En önemlisi de bu olmalı sende.

Öyle zordu ki kilometrelerce uzaklıktan sana sarılmak, bunu başarabiliyordum ben. Sen bana güldüğün zaman içime cemre düşüp baharı getirebiliyordun. Yavru papatyalardan geçilmiyordu yüreğim.

Ben onların tek yaprağına kıyamadığım halde, sen onların her birinin üzerine basa basa gittin.

Kalman için binlerce sebep vardı. Ki sen bunlardan yalnızca bir tanesini göremeyecek kadar kör olamazsın. Biliyorum kör rolü oynadın. Buna en iyi ben kandım. Peki sana soruyorum, ben bunların hepsini tek başıma yaparken, sen benim için ne yaptın? Beni geçtim, sen bizim için ne yaptın? Bunlardan birisini yapman yeterdi bana. Hadi bir tanesini bile yapma, bâri benim yaptıklarıma değseydin.

Kalman için o kadar çok sebep vardı ki, sen sadece gitmen için bahanelerini düşünmekten göremedin bazı gerçekleri.

Gerçekler acıdır derler, senin en büyük gerçeğin benim. Gün gelir ben de seni acıtırım bir gün. Kimsenin ahı kimse de kalmaz.

Seni anlattığımda titreyen sesimin hesabını nerede vereceksin?

Bayram dolayısıyla kapalı bir kalp.

Çok hor kullandı kalbimi. Ne değer bildi, ne kıymet. Yarın yeniden geldiğinde o kalpten içeri girecek bir yüz bıraksaydı bâri arkasında.

Ben hâlâ onu düşünüyorum. Delilik işte.

Geri geldiğinde hiç mi yüzü kızarmayacaktı? Gerçi deliye her gün Bayram. O yüzden bu kalp sana Allah'ın her günü açık. Gelip güzelce dağıtabilirsin.

İşin düşünce yine bekleriz.

Sizi çok seven bir insana hoşça kal demeyin.
Ki deseniz bile o insan hoş kalamaz.
Duygularıyla ortada kalır ama yine de hoş kalamaz.
Aklı gidende kalır, kalbi de öyle.
Ama hoş kalamaz.
Size gerçek sevgiyi hissettiren insana hoşça kal demeyin.
Benimle kal deyin, benim kal deyin.
Ama onu demeyin.
Sizi çok seven insanların sevgisini nefrete dönüştürmeyin.

En büyük hayalimdin. Çok istedim ya, olmazsın işte. Neden? Çünkü çok istedim seni.

Yaşadıklarımızı bir kenara bırak, kokum hiç mi gelmiyor burnuna? Birlikte dinlediğimiz bir şarkı, herhangi bir kafede bir televizyon kanalında hiç mi çalmıyor? Sana beni hatırlatacak en ufak bir iz yok mu? Ufacık? Bana sorarsan benim her yanım iz dolu. Ve hepsi de sana ait.

Kalbim, yanaklarım, saçlarım, sakallarım... Hepsi sana dair saplantılar taşıyor. Önemin büyük yani bu kalpte. Ben sevmiyorum seni. Kalbim öyle demiyor ama. O sadece seni sevmekle meşgul. Anlayacağın beni bile bir kenara bıraktı kalbim.

Beynim desen zaten sana odaklanmış durumda. Yaşadıklarımız gelip duruyor aklıma. Sonra neymiş efendim, unutacakmışım.

Diyelim ki her şeyden vazgeçtim. Senden, yaşadıklarımızdan bize dair her şeyden vazgeçtim. Bundan çıkarın ne olacak? Çok mu mutlu edecek seni? Benim verdiğim bu sevgiyi sana kim verebilecek? Kim hayatına sana göre yön verecek?

Sen neredeysen hep o yöne çevirdim yelkenlerimi. Ben sana bende ne varsa verdim, her şeyimi seninle paylaştım. Seni kadınım diyerek sevdim.

Kadınım...

Ben bunu sana söylerken bile mutlu oluyordum. İçinde sen olan ne varsa ben onu sevdim. Sen hangi yemeği seviyorsan o yemeği sevdim mesela. Nasıl tarif edilir.

Ben bu hayatı sana adamaya hazırdım, ağzından çıkacak olan bir tatlı kelime beni dünyanın en mutlu adamı yapardı. Bu kadar basitti beni mutlu etmen.

Birçok kez her şeyi alttan aldım, sırf gitme diye gurur murur kalmadı.

Kendime şöyle bir bakıyorum, acınacak haldeyim. Onu geçtim, seni sevmenin bedelini sabah akşam gözyaşı dökerek ödüyorum. İşte o gözyaşları var ya...

İçimde sana dair ne varsa onları öylece atıyorum ağlayarak. Peki, gözyaşlarımın hesabını nerede vereceksin?

Neyse, üşürsün şimdi sen.

Sana sarılıp seni ısıtmak varken.

Senden sadece mesaj bekliyorum ben.

Hayata bağlaman için beni.

Bana en ufak bir tepki vermeni bekliyorum.

Namusum gibi taşıdım seni kalbimde. Hâlâ da öyle. En çok istediğim şeydi, duvağını çıkarıp herkesin içinde dudaklarında yeniden doğmak...

Sen yaşarken öldürmeyi tercih ettin beni...

Olsun,

Böyle de severim ben seni...

Beni öyle bir öp ki,
Gücü yetmesin gözyaşlarımın
Elmacıklarımdan seni silmeye.

En çok yalnız kaldığı zamanlarda insan çok çaresiz hissediyor kendini. Gidecek olsa, gideceği bir yer yok. Sevecek olsa, sevmeye layık bir kalp yok.

Çoğu zaman içime kapanık sürdürdüm hayatımı. En iyi arkadaşım sıfatını geçtim, gerçekten arkadaşım diyebileceğim kimse yoktu hayatımda. (Bazen bir dost kazığı yemeden varamazsınız farkına bir şeylerin. Yemedim ama kötüdür.)

Yalnız hissettiğim her an şarkılarla tamamlıyorum kendimi. Çünkü benim de bazen söylemek isteyip de söyleyemediklerim olabiliyor. Ben de onlarda tedavi ediyorum kendimi.

Şarkı ayrımı yapmak onlara yapılabilecek en büyük hakaret olur. Hepsi ayrı bir duygu barındırır içinde. Kimisi mutluluk, kimisi kırgınlık, kimisi çaresizlik, kimisi hayal kırıklığı, kimisi coşku, kimisi yalnızlık gibi. Bunlar hepimizde bulunan şeyler. Her hayatta mevcut.

Yalnız mı hissediyorsun?

Şarkılarla tamamla kendini.

Bir insana iki kez güvenilir mi?
"Hayır."
Bir yarabandını bir yaraya
Birden fazla yapıştırmaya çalışırsanız,
O yaranın iyileşme ihtimali yüzde altmış azalır.

Belki aynı yıldıza değmişliği vardır gözlerimizin.
Olamaz mı?
Aynı gökyüzünü paylaşıyoruz sonuçta.
İhtimalleri yok etmemek lazım.
Aynı havayı soluyoruz.
Yan yana olmamamız
Aynı yıldıza gözlerimizin çarpmayacağı anlamına gelmez ki.
Belki aynı anda aynı şarkıyı dinledik.
Sevmek için çok direndik.
En sonunda bu aşka yenildik.

Geçmişinizin gölgesinde bırakmayın kendinizi. Tamam, geçmişte çok acılar çekmiş olabilirsiniz, çok ağır darbeler armağan etmiş olabilir sevdikleriniz.

Olaylara daha geniş bir bakış açısıyla bakmaya çalışın. Olumlu yönleriyle olumsuz yönlerini tartın. Hangisi daha ağır geliyorsa onun arkasında durun.

Hayallerimiz yıkılmış, umutlarımız tükenmiş olabilir. Hayat sadece mutluluktan ibaret değil. Bazen köşesine çekilip acı da çekebilmeli insan. Yalnızlıkla bütünleşip kendini dinleyebilmeli.

Güveninizi kıran insanlar yüzünden güveninizi kazanmaya çalışanları üzmeyin. Onların arasındaki fark şu, biri güvenizi kırıp hayatınızdan çekip gitmek için bahaneler arıyor. Diğeriyse hayatınızda bir yer edinmek için imkânlar, nedenler üretip güveninizi kazanmaya çalışıyor. Aradaki farkı görün.

Yarı yolda bırakılmış olabilirsiniz, kırılmış, yorulmuş olabilirsiniz. Ama olumsuz yönleri olumlu olabilecek nedenlerin önüne koymayın.

Karşınıza çıkan yeni bir insanı geçmişinizden sorumlu tutmayın. Ona yüklemeyin bu sorumluluğu.

Siz elinizden geleni yapın, eğer o buna değmeyen bir insan konumuna gelirse bırakın bu onun ayıbı olsun.

Bir kadın asla gitmez. Vazgeçmek zorunda kalır. Hisleri doğrultusunda yanılır genellikle. Eğer sevdiği adam bir kadını gitmesi için zorluyorsa, kadın içindeki hislerin hatırı için yine kalır.

Sevdiği adama anlamlar yükleyerek sever. Bir kadın sevildiğini duymaktan çok hissetmek ister. Ve hissetmek istediği gibi sever. Nasıl seviyorsa öyle sevilmek ister.

En ufak bir şey eksik kalsın, bu onları üzebilir. Kadının gitmesine müsaade edip göz yuman erkek gitmesini bekliyordur açıkça.

Bunu hisseden kadın bir dakika bile böyle bir adamın yanında kalamayacağını idrak ettikten sonra gider.

Giden kadın yoktur, gidişine sessiz kalan adam vardır. Kadının duygularına sahip çıkmayan adam vardır.

Kadın gitmez.

Vazgeçer.

Ve bunda en büyük rol sensin.

Kalbimde bir boşluk var, tam sana göre.

Sana söylemek istediğim bir sürü şey var.
Bir o kadar da söylemeye çekindiğim.
Ama sanırım söyleyemeyeceğim.
Çünkü henüz erken.
Çok erken...
Hayatımdan çekip gitmene haykırmayacağım.
Ben avazım çıktığı kadar bağıra bağıra yazdım seni içime.
Sen, susa susa silmedin mi?
Gözlerini ört üzerime, gece bir hayli soğuk...

Hiçbir şey bilmiyorsun. Hem de hiç. Hiç diyebileceğim kadar azsın. Kokunla uyumaya ihtiyacım var, kokundan serp üzerime. Rüyalarıma ada aşkın en saf halini.

Yanımda uyumuyorsan bile, hislerin bana yakın olsun. O bile yeter.

'Seni ben nasıl yarım bırakırım?' Sorusunu sormuştu bana. Bırakma zaten, bırakman için bir sebep yok ortada. Olsa bile bunlardan kaçın dedim.

Ve kendi sorduğu soruya kendisi cevapladı. Haberi bile yoktu. Belki o sorduğunu bile unuttu.

Ve karşısında ağlamıştım.
Gözyaşlarımı bile silmedi.

Tüm acılarımı
Gözümden akan iki damla gözyaşına sığdırdım.

Çok yazdım. Gidişinden sonra çok fazla yazı yazdım. O cümleyi aldım oraya koydum, öteki cümlenin yerini başkasıyla değiştirdim.

Duygularım sana hep aynı ama. Sürekli sabit. Alıp değiştirme şansım olmuyor.

Bazen çok sevdiğini bildiğin halde nefret duygusuyla sevme duygusunun yerini değiştirmek istesen de bazı duyguların yeri değiştirilemez öyle kolayca. Kimisi sevdiği için pişmanlık duyar, nefret eder. Kimisi çektiği her acıya rağmen nefret etmeye bile kıyamadan sever. Bazılarıysa ikisini de yapmaz. Ne sever, ne de nefret eder. Çünkü o kadar bitirmiştir içinde bir şeyleri artık. Ve bunun farkındadır.

Bir insandan nefret etmeniz için ona bir şeyler hissetmeniz gerek. Hissetmeseniz de nefret bile yeterlidir.

Nefret edemeyecek kadar yoksun artık içimde.

Sen kimsin ki senden nefret edeceğim ben? Ne zannediyorsun kendini? Alt tarafı tüm hayallerimin en şiddetli depremisin. En azından bir zamanlar. Ama artık sarsmıyorsun yüreğimi. Çünkü benim en güzel hislerim o enkazın altında kaldı. Ve ben artık temelimi iyi attım. Sağlam attım. Adımımı da sağlam attım. Senin sarsıntıların beni korkutmaz artık.

Ben o hataya bir defa düştüm, bedelini ağır ödedim. Benim canım yandı. Ağzım sütten yandı, yoğurdu bile üfleyerek yiyemedim.

Nefret etmiyorum senden. Çünkü senden nefret edebileceğim bir zaman dilimine sahip değilim. Tamam kabul, zamanında en güzel dakikalarımın sahibiydin. Kalbimin de.

Kimsenin dokunmasına izin vermediğim kalbimin kapılarını sadece ve sadece sana açtım ben. Kimseye aralamadım o kapıyı. Bırak aralamayı kimseyi o kapının önünden bile geçirmedim.

Sen her defasında yerini yadırgadın. İnsan bazen elindekinin değerini kaybedince anlayacak kadar nankör hale gelebiliyor evet. Ama sen nankörlükte master yapmışsın.

Olacaksan okumuş kalpsiz ol.

Mantıklı.

Sen kalbimde en büyük hasar olarak kaldın.
Artık bu kalbin
En güzel çarpıntılarından mahrum bırakıldın.

Devren Satılık Kalpler

Satılık olmamalı kalpler.

Etrafta olağanüstü aşk pazarlıklarına şahit oluyorum.

Kimse kimsenin hayatında vereceği kararlar üzerinde insanın kendisine gel git hesabı yaptırmak zorunda hissetmesin kendini.

Birisinin hayatına girmeyi planlıyorsan, en önemli yere sahip olmak istiyorsan hedeflerin ve adımların mantık içermeli.

Bir insanın hayatına girmek kolaydır. Asıl meselenin, o hayatta en önemli bir yer edinme olduğunu hepimiz biliyoruz. Bazen evet bilmemezlikten geldiğimiz şeyler oluyor. Verdiğimiz değerin karşılığını alamadığımızın farkındayız, lakin hâlâ devam etmekteyiz.

İyice canımızı birilerinin ya da bazı şeylerin yakmasına şahit olmadan geri adım atmayız.

Aslına bakarsanız kalbimizde hiç kötülük yoktur. Bu kalpleri hor kullananlar utansın.

Duygular ne satılık, ne de kiralıktır.

Kalıcı olmayı hedeflemek daha sağlıklı diye düşünüyorum. Deneyiniz.

Bir gün deliler gibi ağlattığın o insanın
Gözyaşına muhtaç kalacağın günler de kapıdadır.
Unutma.

Aşka inanmıyorum ben.

Bal gibi de inanıyorsun. Kendini kandırırsın ancak. Sadece geçmişte yaşanmışlıkların yüzünden kapattın kapılarını aşka.

Daha önce ne zaman, kaç kez tamamlandın? Eksiklerine rağmen sevildin? Hatalarınla kabul edildin? Tüm şarkılar daha anlamlı geldi kulağına?

Kokusu en son ne zaman tüttü burnunda?

Aşk gerek şefkat, gerek mutluluk, gerek acı, gerek pişmanlık içerir. Bu ihtimallerin zaten bilincinde olarak yaşamak istemen gerekirse daha iyi olur.

Bu satırları uzun süredir kendi kabuğuna çekilmiş biri söylese de gerçekten yaşanılası bir duygudur. Varlığını hissetmek zaten bambaşka bir duygudur.

Şu ana kadar kimsenin varlığını hissedemedim. Bu yüzden hep yarım kaldım. Hiçbir şeye, hiç kimseye sırt çevirmedim.

Aşk yaşanması gereken bir şeydir. En azından herkesin bir kez tatması gerekir. Yaşamasını bilenle en güzel duygudur.

Bir gemiye benzer aşk. Dümenine yaşamasını bilen birisini geçirdiğin zaman gideceği yönü bilir zaten.

Senin sevgini, değerini hak etmeyen birisi o dümene geçerse vay haline...

Ki zaten hep öyle olmadı mı?

Hani Sezen Aksu diyor ya;

“Ne gemiler yaktım o kadar yandı ki canım...”

Seni sevmem için bir neden atmadın ortaya. Kendi çabalarımla yaşattım seni içimde. Kimsenin ulaşamayacağı yere sakladım seni. Kaburgalarımın içine.

Ne kimse adını bilsin, ne de varlığından haberleri olsun. Ağlıyorsam da, yastığı kapatır kafama ağlarım. Kimse bilmesin.

Mutlu olacaksam, seninle paylaşayım bunu. Sen zoru sevmezsin. Gelemezsin sıkıya. Benim sorunlarım zaten sadece bana. Ama gel, mutluluğumu seninle paylaşayım. Biraz da olsa gülmene sebep olsun. Sen güldükçe benim ömrüm uzuyor.

Oysa yaşam destek ünitesiydi gülüşün. Bilmezdin. Ben hep sana bağlıydım. Özlenmeyi bile hak etmeyen birisi böylesine deliler gibi nasıl özlenirdi?

Bunun adı neydi?

Belki bu bir hissizlik belirtisidir ya da son demlerindeyimdir bu aşkın. Ben seni sevmek istiyorken kendi içimde boğulmaktan sıkıldım.

Tek isteğimdi,
Her şeyin üst üste geldiği o an bana sımsıkı sarılman...

Durduk yere düşüncelere dalmak diye bir şey var. Bir anda film şeridi gibi geçmişin geçiyor gözlerinin önünden. Hayatına aldığın insanlar geliyor aklına. Keşkelerin çoğalıyor o an yine.

Tanışmaman gereken insanlarla tanıştığın için, hayatına dâhil etmemen gereken insanları dâhil ettiğin için kendine kızıyorsun hatta.

Tanışmaman gereken insanları getirip hayatımızın merkezi yaptın. Üzülüyorsun. Pişman oluyorsun. Ne bileyim, zor yani.

Zor da kelime mi?

Pardon.

İlk defa böylesine hissettiğim hislerimin sana ait olmasından dolayı çok şanslı olmalısın. Senin yanın beni dünyanın en mutlu insanı kılıyordu. Gözlerimin içine baktığında karşısında eriyip gittiğimdin. Çoğu zaman dilim dönmezdi, konuşamazdım. Bana her sarıldığında huzur dolduğumu umardım. Ta ki bugüne kadar. Kendimi kandırmamam gerektiğini bana hissettirdin, teşekkür ederim. Bana bir gün sevdiğini hissettirmedi. Bense onun için her türlü fedakârlıkta bulunacağımın kanıtını, ona varlığımı hissettirerek sunmuştum.

Bazı yaralar vardır öpünce geçmez.
İşte o sensin...

Sen beni hep eksik bıraktın. Seni sevdiğimi ilk hissettiğin andan beri. Belki de bu benim hatamdı. Sana sevgimi hissettirmemem gerekirdi. Bazen böyle olur. Sevilmek nedir bilmemiş, gerçek sevmek nedir hissetmemiş birini sevdiğiniz zaman o bunu kaldıramaz. Çünkü onu sizin gibi kimse sevmemiştir.

Senin ellerini hak etmeyen insanlar tutuyorken, oysa seni sevdiğim gibi sevememiş ve sevemeyecek olan insanların seni hissetmesi çok zoruma gidiyor. Her fırsatta elimden geldiği kadar yanında olmaya çalıştım. Her anında yanındaydım.

Varlığını bir kez olsun hissetmemişken, sana varlığımı hissettirdim. Bazı duygular karşılıklı daha güzeldir.

Herkes sana sarılırken ben rüyalarımda sarıldım sana. Hayal ürünü olarak kaldın bende.

Olur da bu yazdıklarımı okursan...

Okuma.

Satırlarımdan uzak dur.

Sen bu satırların zerre kadarını hak etmiyorsun.

İnsan gitmeyecek birisine ihtiyaç duyuyor bazen. Hatta çoğu zaman. Varını yoğunu anlatmak istediği, başını omuzlarına koyup ağlamak istediği birisinin varlığını hissetmek istiyor hayatında. Hayatı ve kendisiyle ilgili her konuyu yalan söylemeden saklamadan söylemek istediği birine ihtiyacı var insanın. Yan yana olmaya gerek yok. Telefonda bile ağlamak istiyor onun karşısında.

Telefonun ucundan varlığını hissettirdiğini hatırlatan birisine ihtiyaç var. Hiç gitmeyecek birisine...

Mutluluğunu, acısını, pişmanlığını paylaşabileceği...

Her şeyi sadece onunla paylaşmak istiyor.

Ama her istediğimiz olacak diye bir kaide yok hayatta gerçeği aklına geliyor insanın.

Ama biz sadece bunu istiyoruz.

Yalnızca bunu.

Bu da olmuyor.

İnsan varlığını hissedebileceği birisinin olmasını istiyor en çok.

İnsanlara umut bağlayıp sonra çekip gidiyorsunuz ortadan. Güven veriyorsunuz. İnsanın hayatta en çok korktuğu şeyin güvenmek olduğunu bildiğiniz halde güven verip yarı yolda sırt çevirip uzaklaşıyorsunuz. O insanın canını nasıl yakıyor bilmiyorsunuz. Çünkü yaşamadınız. Bir insanın çektiği acıyı anlayabilmek, hissedebilmek için o acıyı tatmanız gerekir.

"Anlıyorum" gibi klasik cümlelerin miladı doldu artık. Vizyondan kalktı bu film. Defalarca gişe rekorları kırdı. Modası geçti anlayacağınız.

Babasız büyüyen bir kadını, babasız büyüyen bir adam anlar. Çok sevip umutlarıyla ortada bırakılan adamı ise hayalleriyle oynanmış kadın anlayabilir yalnızca.

"Seni o kadar çok seviyorum ki. İyi ki hayatımdasın. Karşıma nereden çıktın bilmiyorum ama iyi ki çıktın. Sensiz asla yapacağımı düşünmüyorum."

Bir süre sonra:

"Ben yapamıyorum, yürütemiyoruz. Benden daha iyilerine layıksın belki de. Belki de seni hak etmiyorum. Seni üzmek istemiyorum. Kendine iyi bak, hoşça kal."

Çağımızda aşkın özetini okudunuz. Benden daha iyilerine layıksınmış. Zaten kendisine bu gidişi yakıştırmasaydı asla kendisinden daha iyi sevebilecek birisinin olduğuna ihtimal vermezdi. Demek ki kendine yakıştırmış bu karaktersizliği.

Hoşça kal? Pardon?

Kim yarım bırakıldığı için hoşça kalır? Kim herkes hayatına kaldığı yerden keyifle devam edebilir? Hoşça kalmaz emin ol. Eksik kalır, yarım kalır, pişman kalır.

Beş dakika fazla sarılsa bir ömür yanında kalacağım.
Haberi yok.

Var olduğunu bilmek istiyorum.

Uzak da olsak yanımda olduğunu bilmek yenecekti tüm uzaklığı. Sen nefes alıyorsun ben veriyorum.

Senin yürüdüğün kaldırımlardan yürümek, bensiz dolaştığın tüm sokaklarda kokunu aramak istiyorum. Hayatımın her alanına yayılmanı istiyorum. Her anımda biraz sana ait bir şeylerin olmasını istiyorum. Bunlar beni mutlu edecekti biliyorsun. Sen Ankara'sın. İçimdeki ülkenin başkentisin.

Aşk kentisin...

Bilmediğim tek şey ne biliyor musun? Senden başkasını nasıl sevecek olmam. İnan senden başkası nasıl sevilir bilmiyorum. Nasıl koklanır, nasıl özlenir hiç bilmiyorum. Konu sen olunca işin içinden çıkamıyorum.

Nereye kadar böyle devam edecek bilmiyorum.

Ben her sabaha senin adını sayıklayarak uyanıyorum.

Sen de bunu bil.

Sevmekten hiçbir zaman pişman olmayacağım birisi olarak kal.

Seni sevmek artık canımı yakıyor.

Artık eskisi gibi değilim. Ne olursa olsun vazgeçmez psikolojisiyle sevdiğin adam, artık eskisi gibi güçlü değil. Önceden tek başına da olsa bir şeyleri ayakta tutacak kadar güce sahipti.

Bir mesajınla mutluluktan dört köşe olan, artık sesini duyduğu zaman bile hissettiği pişmanlıktan başka bir şey olmayacak.

Sürekli aynı hataya düşüyorum. İnsanları kendim gibi zannedip yer veriyorum hayatımda.

Birçok kez düşürüyorum kendimi bu duruma. Ne zaman akıllanacağım konusunda hiçbir fikrim yok.

Nerede bir kalpsiz varsa gider ona değer verir, onu severim.

Zaten bir taraf hep eksik kalacak. Yoksa tamamlanamıyor hiçbir şey.

Gidişin kalbimi fazlasıyla yordu. Oysa ben seni sevdiğimde dinlenmek istediğim için kaldım hep sende. Anladım ki kalışlarım daha çok yoracak beni. Sen dur hiç zahmet etme. Yorulursun kıyamam.

Ben gidiyorum.

Bırak seninle aynı sokakta yürümeyi,

Hiçbir sokakta karşılaşmamak için dua ediyorum.

Gel gitme.

Bazı şeyler sabitken güzel. O yüzden akışına bırakmak istemiyorum gözyaşlarımı.

Seni, bizi...

Sen benim yanımda güzelsin. Beni severken daha çok güzelsin. Çirkinleşme. Herkes gibi sevmiyorum, kimsenin sevemeyeceği gibi seviyorum. Anlamıyorsun.

Beni her konuda anlamamak için elinden geleni yaptın. Başarın için tebrik ediyorum.

Ben sevdiği kadınla her gün mutluluğun dibini sıyıran adamlardan olmadım hiç. Hep tek taraflı bir şeyleri ayakta tutmaya çalışan, sevdiği kadının gitmemesi için, mutluluğu için çabalayan adam oldum hep.

Her gün aşkı en mutlu haliyle yaşayanlar sâhi, hak ediyor muydu aşkı? Ben dişimi tırnağıma takarak elimden geleni yaparken, hissederken...

Her gün mutluluklarını izledim. İnsan yoruluyor be. Gün geçtikçe daha çok yoruluyor. Nefret etmek istemiyorum. Kal.

Kokunu istiyorum.

Aşkı seninle yaşamayı hak eden bu adama bu bile yeter. Ben sana olan sevgimle kendimi sınarken, sensizlikle sınama beni.

Uyurken acısını hisseder mi insan?
Hissediyor. Bu konuma getirdin beni.
En iyisi öp beni. Öp ki geçsin.

Saygısız şarkılar

Yalnız insanların, yaralı insanların en güzel tedavisidir şarkılar. Öyle şarkılar var ki, acımızı dindirmek için dinlediğimiz. Ama daha çok canımızı acıttığımız.

Tam unuttuğunu fark ettiğin an, bir şarkı gelir kulağına. Eskisi kadar acıtmaz ama yine de bir yoklar.

Zaten kişiler unutuluyor. Ama yaşattıkları hayır. Anılar daha çok acıtıyor. Yürüdüğün sokaktan onunla buradan yürümüştük bile bunun en basit örneği.

Hayatınıza yeni birisini dâhil ettiğinizde onunla da yaşanmışlıklarınız olacak tabii ki.

En kötüsü de bunu da onunla yaşamıştık diyecek olman. Gelen gideni aratır.

Bazılarınız gidenlere yarım bıraktığı için, başkasını sevmek zorunda bıraktığı için etmediği laf kalmaz. Bazılarınız da hayatınıza aldığınız yeni insanı sevdiğiniz için gidenlere teşekkür eder.

Yaşadığım yer küçük bir yerdi. Haliyle onunla adım atmadığımız yer kalmamıştı.

Her mekânda oturmuşluğumuz, tüm şarkılara kulak vermişliğimiz vardı.

İçime hapsetmiştim onu. O gidene kadar bu şehir bana iyice küçük gelmeye başladı. Attığım her adımda onunla yürüdüğümüz kaldırımlar, sarıldığımız parklar. Daha bir sürü şey. Zor oldu toparlanmam. Onu unutsam da yaşattıklarını unutamadım.

Mesela bana bıraktığı bu acıyı asla unutmayacaktım.

Kalbinizdeki insanı unutmadan hayatınıza birisini almayın. Acılarınızdan arındırın kendinizi. Bir acı daha, bir pişmanlık daha dâhil etmeyin hayatınıza.

Şarkılar diyorum, yalnız insanlara hiç saygıları yok...

Ardında bıraktığın şarkılar
Seni bana anlatır,
Beni ağlatırdı.
Haberin olmazdı.

Allah'ın sopası yok.

"En çok bende neyi sevdin?" diye sormuştu. Bunu sorması bile bana büyük hakaretti.

Bunu anlatmamı isteme benden. Yapamam ki. Bunu anlatmak istesem bile anlatamam. Kelime dağarcığım yetmez buna cümleler kurmaya.

Bunu yaşayarak hissetmen sana en büyük cevabımdır. Ben sende tamamlandığım gibi hiç kimsede tamamlanmadım. Aksine hep yarımdım. Sen beni tamamlayandın. Bu bile bir cevap mesela.

Eksiklerim vardı benim. Biraz mutluluk, biraz huzur, biraz da sen gibi.

Ben senin gözlerine baktığım zaman senin benden gözlerini kaçırman bile seni neden bu kadar çok sevdiğimin en büyük cevabı. Gözlerine baktığımda kendimi görüyor olmam benim aynam olduğunun en büyük kanıtıdır.

Sen bensin. Bu yüzdendir belki sana çok alışmamın sebebi. Birini sevmeniz için o insanda kendinize dair bir şeyler bulmanız gerekir. Bulduğunuz an, kendinize daha çok yakın hisseder, daha çok sevmenizi sağlayabilir.

Ben sende beni buldum. En büyük kaçışın benden gitmen değil de, gözlerini kaçırman olsun.

Allah'ın sopası yok,
Kulunun gözleri var.

Beni her fırsatında sev. İhmal etmeden, anlamlar yükleyerek. Gülüşünde muhafaza ederek. Diğer insanlarla istemeden de olsa göz göze geldiğinde bile bakışlarının, benim kalbim başkasına ait diye söylemesini sağlayacak kadar sev.

Gününün bir dakikasını bile israf etmeden sev. Beni gördüğün her yerde bana sarıl çünkü ben onu gördüğümde sarılmadığım için pişmanım demek istemiyorum hiçbir zaman.

Sen beni ziyan etmeden sev, benim kalemim seni yazmaktan yorulmaz.

Benim seni nasıl sevdiğimi biliyorsun zaten. Şimdi anlattırma bana burada. Maddeler halinde bir başlarsam anlatmaya, susmak bilmem. Bilirsin.

Seni Seviyorum derken o iki kelimenin ayrılması bile
Ölmem için gayet iyi bir neden.
Dikkat et;
Seni Seviyorum...

Mutlu olmak için bir nedenim yoktu.

Seni sevdiğimde gerçek mutluluğa erişeceğimi zannettim. Gerçek huzuru senin iki kolunun arasında umdum.

Belki mutlu olmayacağımı bile bile sana geldim. Kendimi kandırmış olabilirim. Belki yaşayıp görmek istedim. Hissetmeye çalıştım.

Bazen insanın mutlu olması için ortada en ufak bir neden olmuyor. Sevmek istiyor. Belki sevdiği zaman biraz da olsa mutluluk nedenlerinin doğacağına inanıyor.

Ben nereden bilebilirim ki beni daha fazla bitireceğini. Hiç edeceğini.

Bu da benim ayıbım olsun.

Mutlu olmak için bir nedenim yoktu.
Bende seni sevdim.

Düşünsene birlikteyiz. Ben seni salıncakta sallıyorum.
Sonra sen bana sarılıyorsun.
Sonra çılgınca el ele koşuyoruz.
Sonra sen ağaçların arkasına saklanıyorsun.
Ben seni bulup, öpüyorum...
Sonra çimenlere uzanıp hayaller kuruyoruz...
Sonra sen burnuma dokunup,
Fısıldayarak seni seviyorum diyorsun...
Hani ağaçların ardında bulup öpüyordum ya seni...
Bulup öpüyorum seni... Ve dünya tam o an duruyor...
Bütün zaman duruyor...

Söylenmemesi gereken onca şeyi teker teker söylüyordun. Söylenmesi gereken kelimeler vardı, cümleler, harfler. Dinlenilmesi gereken şarkılar vardı, seviyorum diyordun, özlüyorum diyordun, ne kadar inanmaya yeltenmeye çalışsam da, gidecektin biliyordum. Şaşıracak bir şey yoktu ortada, normaldi. Kokun üzerimde bilmiyordun.

Sevmiyorsun ya hani, özlemiyorsun ya, arayıp sormuyorsun ya... Seni durduran ne?

Her gelen
Biraz pişmanlık,
Biraz acı,
Biraz hayal kırıklığı,
Biraz mutluluk barındırır.

Biz buna ortaya karışık aşk diyoruz.
Fazla acı içerir! Lütfen sevmeyiniz.

En çok da korktuğum şey seni bana sormaları. Hayatta en çok korktuğum şey bu.

Adını duysam yutkunamam. Ona nasıl cevap vereceğim?

Beni böyle çaresiz bir duruma soktun işte.

Kaç defa sordular biliyor musun? Ben de bilmiyorum. Çünkü sayamayacağım kadar çok. Uzun zamandır içimde bir eksiklikle devam ediyorum hayatıma.

Ne kimselere anlatabiliyorum, ne de acımı hafifletebiliyorum. Anlatsam da faydası olmayacak. Anlayacaklarını sanmıyorum. Biraz da kıskanıyorum açıkçası. Boş ver, sen içimde kal. Yine varsın acırsa canım acısın. Kimse duymasın seni. Kimse bilmesin. Sen hep kaburgamın içinde kal.

Ezberim çok iyi olan ben, kokunu unutsam da sen içimde kal. İçimde olabilirsin. Ama ağladığım zaman hissedemeyecek kadar yakınımda değilsin artık.

Bu da ayrı bir sıkıyor canımı.

Ama senden sonra vicdanımı, duygularımı soyutlamam gerektiğini öğrendim. Bunu aslında biliyordum ama sen tekrar hatırlattın.

Duygularını belli ettiğin an olan sana oluyormuş. Vazgeçmeyeceğini hissettirdiğin zaman ilk vazgeçilen sen oluyormuşsun. Bunu anlamak için vazgeçilmek lazım.

Sahi sen vaz mı geçtin benden? Yoksa sana sunduğum sevgi ağır mı geldi? Ama yok. Artık iyi niyetli değilim. İçimde saklayacağım duygularımı.

“Beni çok üzdü, çok kırdı, çok yıprattı, duygularımla oynadı. Olsun Allah'ım sen yine de onu affet. Belki o da istememiştir böyle olmasını. Sen ona bakma. O hep yapar böyle.” diyecek kadar çok sevdim ben seni. Çaresizliğim bu boyuta geldi. Senin hiçbir şeyden haberin yok.

Eksiliyorum bilmiyorsun.
Tükeniyorum onu da bilmiyorsun.
Vazgeçiyorum bilmiyorsun.
Sen hiçbir şey bilmiyorsun...

Aşkın bir tedbirsizlik olduğunu farz edelim. Hele ki en zayıf anında aşka düşen insanların, duygularına sahip çıkılması gerekmez mi? Korunmaz mı o duygular? Bazen en zayıf anında sevmek zorunda bırakır hayat seni. Ve o seni öyle bir görmezden gelir ki, sen varlığından şüphe duyarsın. Aşk bir tedbirsizlikse eğer, sevilmeye değmez mi sevenler? En zayıf anında sevdiğine tutunmak isteyen insan için değer. Allah'ın yarattığı tüm kalpler buna değer.

Benim diğerleri gibi fiyakalı bir yalnızlığım olmadı. Diğerleri gibi "günaydın kelebeğim" mesajları atamadım.

Yoktun.

Seni özlemekle...

Sevmekle...

Ardında bıraktığın acıları yaşamakla meşguldüm.

Mutluluk adam seçiyordu. Belki mutluluğu en çok hak eden bir kalp taşıdığım için mutluluğa ulaşamadım.

Ben o değildim!

Ve en zoruma giden de, garsonun bana 'Arkadaşınız gelene kadar bir şeyler içmek ister misiniz?' sorusuydu. Sen bu soruya bile cevap veremeyecek kadar çaresiz bıraktın beni.

Ve sen ona hâlâ mesaj atarken, biliyorum aklının ucuna gelmediğim halde,

Uçurum kenarında hâlâ bekliyorum.

Ve senin "bitti" cümlen çok itici...

Telefonumda bir fotoğrafını görsem
Kalbim yerinden çıkacak gibi atardı.
Telefonumun ekranını kaç defa öptüm,
Bilmezsin... Bilme tabii...

Yalnızlık iyidir.

Çoğu insanın duygularından uzaklaşınca bu cümleyi kullandığına şahit oluruz. Benim de öyle düşündüğüm zamanlar oldu. Bazen öyle alıştığımı fark ettiğim günler oldu ki. Sanki yalnızlıkla bütünleşmek için geldiğimi düşündüğüm günler oldu.

Bazen sevilmek istedim. Hani ne olursa olsun, insan sevilmek istiyor ya. Tamamlanmak istiyor birisiyle. Sarılmak istiyor. Sonra tekrardan bunları yalnızlıkla yaşarken buldum kendimi. Çünkü yalnızken ben daha çok benim. En azından kaybetmekten korktuğum bir şey yok. Kendim dışında. Amaçsız, plansızım.

Yalnızlığa öyle demir attım ki, yapamam onsuz. Onunla birlikteyken bir sonbahar mevsiminde yere dökülen yaprak sayısını saymak, meydanlardaki güvercinleri yemlemek, iki kişilik bir sinema bileti alıp tek başıma gitmek...

Bunların tadı bende başka. O kadar emek vermişim yalnızlığıma. Onun da bana sadık olduğunu düşünüyorum.

Sahi korkularımdan bir tanesi, tek korkum...

Yalnızlık bile terk eder mi insanı?

İnsan doluyor.

Tıka basa olduğun halde içine atıyorsun. Çünkü başka seçeneğin var mı? Hayır, içine atarak devam edeceksin kendini doldurmaya. İçindekiler bir zaman sonra sana ağır gelmeye başlayacak. O zaman ne yapacaksın?

Seni birisinin anlamasını istiyorsun. O kadar insanın arasından yalnızca bir kişi. O da olmuyor ki. Sanki fazla bir şey istemişsin gibi. Bir kişi bile çıkmıyor karşına seni anlayıp, dertlerine ortak olabilecek.

Her şeyini çekinmeden anlatabileceğin kimse yok. İçine ata ata dolup taşmışsın. Bir bakmışsın yer kalmamış kendinde sana bile.

Gidecek yer kalmamış. Ne yapacağını bilememişsin. Başını omzuna koyup ağlayabileceğin bile kimsen yok.

Yaşadığın her şeyi, içine attığın ne varsa hepsini çekinmeden anlatabileceğin ve seni anlayabilecek birisi olsa fena olmazdı o zaman.

Bence gel, ben her zaman sana omzumu vereyim. Neyin varsa neyin yoksa varını yoğunu anlat bana. Ağlayacaksan da benim omuzlarımda ağla.

Biz birbirimizi sevemiyoruz. Başaramıyoruz bunu.
Bâri gel birbirimizi anlayan iki insan kalalım.

Tıka basa dolusun
Ama içine atmaya devam ediyorsun.

Bahara aldanıp kışı unutan kuşlardan hiç farkınız yok. Sözüm size gidenler. Sizden ricam lütfen söyler misiniz? Aşağıdaki şıklardan hangileri gitmeleriniz için gerekli sebeplerden?

"Hissettirilen bir sevgi."

"Özlemek."

"İlgi."

"Mutluluğunuz için verilen çabalar."

"Hemen hemen tüm hayallerin size dair kurulması."

"Tüm çayların size demlenmesi."

"En güzel cümlelerin size kurulması."

Daha fazla saymayacağım. Çünkü çıkamayız işin içinden. Bilirsiniz. Aslında kendiniz bile neden gittiğinizi bilmiyorsunuz. Aslında siz ne istediğinizi dahi bilmiyorsunuz.

Ne istediğinizi bilmediğiniz için, isteği belli, sevdiği belli, sevmeyeni belli, duası aynı duyanı aynı insanların umutları yokuş yukarıya sürüldü hep.

Size sunulan sevgi deseniz hissettirdik. Özlemek konusuna gelince sesinizi duyduğumuzda sesinize sarılacak kadar özledik. Kendi mutluluğumuzu bir süre unutup, sizin mutluluklarınız için çaba sarf ettik. Ne önemi var? Hiç.

O güzelim hayalleri biz sizi düşleyerek kurduk. Aslında zamanla anladık ki, size hayal değil saat bile kurulmazmış.

Bunun bilincindeyiz artık. Bizim çayımız kalbimiz gibi sürekli açıktı. Hem de gidenlerimiz uğruna. Ondandı kalbimize girenin çıkanın belli olmadığını. Her açık olduğunu gören girdi, dağıttı gitti.

En güzel cümleler size kuruldu. En anlamlı şekilde. Şimdi iki harfi yan yana getirecek mecalimiz yok. Bundan sonra kendi mutluluğumuz için çabalar, en güzel hayalleri kendimiz için kurar, en güzel yazıları gelmemişken giden sizlere yazarız.

Kalbime giremeyecek kadar yabancısın artık bana. Ama yine de açık bir çayımı içebileceğin hatır bırak ardında.

Bakma güldüğüme. Paramparça olduğumu görmesinler diye.

Ve sen hep bahara aldanıp kışı hafızalarından silen kuş gibi uçtun benden.

Oysa Allah beni bir kuş olarak yaratsaydı eğer, köprücük kemiğini yuvam bellerdim. Ve yaz kış hiç fark etmezdi. Ben hep sana göç ederdim...

Sen benim
Dört mevsim ettiğim göçümsün.

Ahını aldığınız kalple, başka bir kalbe girip mutluluk sahibi olamazsınız. O ah elbet günün birinde sizden sorulur. Kimsenin ahı kimsede kalmıyor bu dünyada.

Allah var.

Bir kalp senin için bir köşede kırık dökük bekliyorsa, çok sağlam kalplerde bile aradığın huzuru bulamayacaksın.

Sizi çok sevip, bir an olsun sevdiği için çabalayacak insanları kırıp dökmeyin. Değmiyor çünkü. Kendi eksikken seni tamamlamaya çalışan kalp mevcutken sen seni bırak tamamlamayı sevdiğini sana hissettiremeyecek bir kalple yüz yüze gelirsen eğer, oradan hemen uzaklaş!

Bana bir şeyleri hissettirmen gerekmiyor. Benim hislerimi hisset yeter. Çünkü benim hislerim yarım kalan birine göre daha çok güçlü.

Ben vazgeçtiğimi söylersem söyleyeyim. Sen inanma. Ne kadar nefret ettiğimi bilirsen bil, adının en acı haliyle en derinde kazılı halde olduğunu bil.

Bakma nefret ettiğime.
Kokun burnuma gelse ciğerlerim sızlar, sarılırım.
Sana olan kırgınlığımdandır
Bütün pişmanlık içeren cümlelerim.
Beni yarım bırakışındandır.
Sana en çok ihtiyacım olduğu zamanda
Yanımda olmayışındandır.
Ben şimdi neresinden tutayım bu hayatın?
Seveyim mi?
Vaz mı geçeyim?
Bir gelsene, buna kokun karar versin...

Çok sevdiğiniz insandan koptuğunuz o an.

Ayrılık sonrası kalan hayata bakış açısı, et tırnaktan ayrılır mı? Sorusuna soruyla karşılık vereceğim. Seven sevdiğinden kopar mı? Kopar. Koparıyorlar.

Alıştığını hissettikleri an koptukları sen oluyorsun. Belki de hissettirmemeli. İçinden sevmeli. Çok sevip karşı tarafa belli etmemeli. Ama böyle de olmaz ki. Ne yapacağız Aziz? Sen söyle.

Ayrılık sonrası insanın mutluluğu bile kendisine acı gelir. Ne kadar can yakıcı şarkı varsa, hepsi dinlenir. Gerekirse gözler öder çok sevmenin bedelini.

Sokakta görülen her insan ona benzetilir. Kokusu özlenir. Sigara kullanılıyorsa, küllük dolar. Kokusu burnunda tüter. Verilen emeğe değmediği anlaşıldığı zaman daha çok parçalanır seven.

Fark, anlam yüklenmiştir oysa ona. Ama o herkesten daha çok herkesmiş meğer.

Ah Aziz ah! İki günlük dünyada sevildiğini hisseden kalpler Usain Bolt kesiliyor başımıza. Bir kaçış, bir kaçış. Bizde artık fiyakalı yalnız gurubuna üyeyiz. Siz sevebilirsiniz. Biz artık kendimiziz. Bizim yalnızlığımızın sesi desibel rekoru kırıyor. Biz kendimizi dinliyoruz.

Gitti.

Çünkü çok sevdin. Çok alıştın.

Ve o bunları fark ettiği ilk an senden vazgeçti.

Şimdi daha çok sev!

Daha çok vazgeçsin.

Acılarımın sahibi bile değilsin artık. O kadar yabancısın bana. Zamanında beni en iyi tanıyan insanlardan bir tanesiydin. Şimdi ise sadece bir yabancı. Seninle aynı şarkıda karşılaşmamak için dinlediğim şarkılara bile dikkat edecek kadar uzaklaştım senden.

Artık hiçbir şeyin sevdireceğini sanmıyorum seni bana.

Ben sana hayatında görmeyecek bir aşk sundum. Sen benim varlığımı hep unuttun. Ama artık unutma sırası bende. Kalbimde anonim olarak kalacaksın. Ne ben bileceğim seni, ne de bilmesi gereken insanlar.

Beni ve duygularımı bu kadar çabuk bir çırpıda ortadan yok eden insan için daha fazla hayatımı sadeleştirmeme gerek yok. Bunu geç de olsa anladım.

Zamanında çok acıdı canım. Artık her şeyin farkındayım. Bu da seni acıtsın.

Acısın ki tükenmişliği sana hatırlatsın.

Hayatındaki en büyük pişmanlık. Eşittir sen.

İyi ya da kötü, acı veya tatlı, önce veya sonra hepimizin mutluluğu, acıyı, pişmanlığı tadabileceğimiz bir yoldur hayat. Çok derin mutluluklarımız da var. Geçse de izi kalan acılarımızda. Pişmanlık konusuna gelince bence pişmanlık kelimesi hayatın sponsorudur. Bana kalırsa pişmanlık kelimesinin altında milyonlarca keşke yatar.

Bu yolda keşke dememek için elinden geleni yapma. Elinden gelenin fazlasını yap. Çünkü hayat bunu istiyor. İnsanlar bunu istiyor. Kimseye boyun eğme.

Benim kendimi bildim bileli yaptığım şeydir, kimseye boyun eğmedim. Her türlü şeyle yüzleşecek yüzüm vardı. Cesurdum. Bu yolda da böyle yürüyordum ben de.

Üstelik tek başıma. Ara sıra bu yolda ayağım taşa değdi, canım yanmadı değil. Ama bu daha dikkatli olmamı sağlayan hususlardandı.

Hayatına alacağın insanı iyi seç. Bir yola çıktığın zaman yarın senin de ayağın o taşa değecek. Önemli olan senin canınla birlikte onun da canının yanabilmesi.

O zaman çoğalır iyikilerin. Sen benim en güzel iyikimsin diyerek sevmeni sağlar belki. Sen benim ilkimsin.

İlk mutluluğu tattığınız insanı unutmanız biraz zor olabilir. Bunun tek sebebi vardır. Tek açıklaması, “ilk” kelimesi buna yeterli bir sebep.

İlkler unutulmaz. İzi kalır.

İnsanda iz bırakan nadir şeylerdendir ilkler. Sadece ilk mutluluk değil, ilk kez böylesine canının yandığını fark eden-de buna sebebiyet vereni unutmaz. Ama bunun yanında bi-raz nefret, biraz da sevgi yatar.

Sen benim ilk kalp ağrımsın diyeceğiniz biri oldu mu hayatınızda?

İlk mutluluğu tadanlar, ilk göz ağrımsın diye...

İlk acıyı tadanlarsa, ilk kalp ağrımsın diye...

Severler.

Benim pişmanlığım da neydi biliyor musunuz?

Her defasında insanları kendim gibi zannedip, onlara hayatımın en güzel yerinde insan sıfatı olarak tanımlayıp, yer vermemdi. Her defasında onlar tarafından kırılmamdı. Hiçe sayılmamdı.

Biliyorum bunu her defasında yaşadınız. Ama artık bir şeylerin farkına varın. Çekeceğiniz acının boyutunu kendiniz ayarlayın. Aşkın kumandası daima elinizde olsun. İnsanları ölçüp biçin, tartın. Sonra yarın canınız yandığı zaman iki kuruşluk insanlar için, bize sunulan şu iki günlük hayatta beş gün pişmanlık duygusu taşıyarak yaşamayın.

İçinizdeki hislerden karşı taraf değil de ilk önce kendiniz emin olduktan sonra bahsedin o insana. O hislerinizin gerçekçilik oranı yüksek olduğu için arkasında durma yüzünüz olsun en güzel hislerinizin. Ve emin olmadıkça bahsetmeyin kimseye.

En ufak bir an gelir, hissettiğini sandığını hissetmediğini anlarsın. Bu seni daha çok üzer. Başka bir an gelir, hissetmediğin şeyin başında hissederken bulursun kendini.

Hissetmek, hissettirmek çok önemli. İkisinin arasında fark olduğunu da unutmayın.

Hissetmek ve hissettirmek erkek olmakla adam olmak gibidir. Erkek olan sadece hissetmekle yetinir. Adam olansa hissetmekle kalmaz, bazı şeyleri karşı tarafa hissettirebilir. Mesela sevdiğini. Mesela özlediğini. Mesela varlığını.

Bunlar önemli şeyler. Hislerinizin arkasında durun. Çünkü onlar insanın en kırılgan yapılarıdır.

Bir insanı sevdiğiniz zaman, sıradan sevmeyin. Anlamlaştırın. Farklılaştırın bu sevginin boyutunu. Gerçekten değiyorsa tabii. Aynı şarkıyla sevmeyin onu mesela. Aynı kelimeleri kullanmayın ona karşı. Sıradan cümlelerle aynılaştırmayın onu.

Ona kendinize dair bir kelimeyle sevin. Kendinize has cümleler üretip kurun ona karşı.

Farklı bir şarkı, sizin olsun.

Hisleriniz aynı, anlamları farklı olsun.

Aynı olan tek şey, aynı kişiyi aynı yerden milyonlarca kez sevmek olsun.

İnsan ilk başta verdiği değerin değeri bilinir mi bilinmez mi bilmiyor ki. Sonradan görüyor bir şeylerin olup olmayacağını.

Verdiğin değer kırıldığı zaman tekrar aynı değeri veremiyorsun. Hak etmeyen insana hak ettiğinden fazla değer verir, değer verilmeyi hak eden biz, hak etmediğimiz değeri görürüz.

Güven vermek gibidir değer vermek. Her insana birden fazla değer veremezsin. Sadece bunun sürekliliğini getirebilirsin.

Güven de öyledir. Bir insana birçok kez güvenemezsin. Unutma, hayatında değer vereceğin insanları iyi seç. Şu da kulağına küpe olsun, hak etmeyenlere değer vererek bir taraflarını kaldırdıklarının pilotu sensin.

Kaldırdığın gibi verdiğin değeri geri alarak indirmesini de bilirsin.

Hak etmeyene hak ettiğinden daha çok değer verme, sonu ne olur bilirsin.

Sonu olma bir şeylerin, sen başlangıçta daha güzelsin.

'Hayatına birisini neden almıyorsun?' sorusu kadar saçma bir soru yok. Kolay mı hayatına birini dâhil etmek? Ona katlanıp, onu sevmek. Üstelik hayatım başka bir kalpte atarken, bir başkasını hayatıma almak o kalbe ihanet olmaz mı?

Tamam kabul, yanımda yok ama benim hayatım onun kalbinin atış ritimleri. Ve ben hayatıma onun kalbiyle ritim tutuyorum. Kalbinizde biri varken başkasını dâhil etmeyi bırakın, böyle bir şeye yeltenmeyin bence.

Bu hem size ihanet, hem kalbinizdekine, hem karşınızdakine. Bunun hesabı verilir mi?

Tamam, geleceğine yönelik umutlarımı kestim ama onsuzluğa da alışabilirim. Ve şu an tek isteğim ona sarılmak.

Sadece bu. Allah'ım, âmin.

Keşke benim düşündüklerimin yarısını düşünseydi bana yeterdi. Unutursun diye acımı hafifletmek isteyenlere sadece inşallah diyorum, sen sakın alınma. Geçiştiriyorum yalnızca. Bana unutursun diyenlere aldırış etmiyorsam; sen de, sana 'seni benden çok kimse sevemez' diyenlere benim adımı söyle.

Senin bıraktığın anıları, acıları ben taşıyorsam, yokluğuna rağmen sensizlikle yetindirebiliyorsam kendimi, sen de ağzından çıkan her sese adımı koyabilirsin.

Yoksa ben senin yokluğuna koyacağım...

Varlığımı...

İnsanın hiç umudu yokken sevmesi nasıl bir çaresizlik bilir misiniz? Tabii bu konuya Fransız kalacak şimdi duygusuz insanlar. Bilmezler çaresizliği.

Onların bildiği tek şey nedir biliyor musunuz? Kendilerini çok seven kalpleri paramparça hale getirmek.

Bildikleri tek şey bu.

Olumsuz olan ne varsa olumlu kılınabiliyor. Çirkin olan her şeye güzel gözüyle bakılabiliyor. Gidenlerden bilirim. Umutsuzluğu bile en ufak bir umut haline çevirip sevmenin vermiş olduğu çaresizlikle sevilenler asla bunun farkına varamayacaklar.

Böylesine sevileceklerini zannetmelerine de ayrı acıyorum.

Zannettikleri kadarlar, haberleri yok. Zannettikleri kadarlar.

Senin sunduğun sevgiyle kendilerini farklı kıldılar unutma. Senin sevginle seni üzmelerine izin verme.

Git tabi.
Geri döneceksin...
Ve bana geri döndüğünde,
Bende sana döneceğim.
Ama sırtımı...

Bu kadar çok sevip, karşındaki insanın sevgini görmemesini, umursamamasını bir ben bilirim. Sen değil. Senin bileceğini zannetmiyorum. Ki bilmeyi bırak, benim bu halimi görmemişsindir bile. Çok sevip sen tarafından umursanmamanın acısını bilemezsin. Hissedemezsin. Çünkü ben seni bu duruma düşürmedim. Sana böyle hissettirmedim. Hayatta önem verdiğim şeylerin ilk başında geliyordu ismin.

Sen hiçbir zaman fotoğraflara bakarak uyuyakalmanın verdiği acıyı bilmeyeceksin. Çünkü ben sana böyle bir acı sunacak kadar kalpsiz değilim. Merak etme. Seni bu konuda geçebileceğimi sanmıyorum.

Elbette benim de senden daha üstün olduğum konular var. En basitinden bir örnek vermemi ister misin?

"Sevmek."

Evet, tek geçerim seni. Senin beni sevip sevmeyeceğin ihtimalini bile düşünmeyerek sevmek. Yapabildiğimin en iyilerinden bir tanesi!

"Hissettirmek."

Her fırsatta sana sevdiğimi söylemekten çok hissettirdim. Hatta söyledim denilecek kadar azdır sana sevdiğimi söyleyişlerim. Çünkü en çok hissettirmem gerekiyordu. Ve bunu yaptım. Sana gerçekten değer verildiğini öğrendiğindeki değişimini kendi gözlerinle görsen, kendinden utanırsın. Bence de utanmalısın.

Ben bile aynaya baktığımda değmeyecek birisini sevdiğim için utanıyorum. Sen de sana karşılıksız bile olsa böylesine hissettirebilen adamı sevmediğin için nasıl utanmazsın?

Yapabildiğinin en iyisi gitmeyle, yapabildiğimin en iyisi seni sevmekti. Benim sana olan hislerim seni hep tek geçerdi.

Tek sevdiğim gibi.

Üzüldüğüm tek şey beni sevmemen değil, yaşayacaklarımızın yarım bırakılması...

Yazık oldu.

Hak etmediler.

Benim bıraktığım aşkla alırsan kalbine bir başkasını,
Helal etmesin Rabbim kalbine aldıklarını...

En sevdiğin bir şeyden koptuğun zaman ne olursa olsun bir şeyleri bağlamaya çalışsan da olmuyor.

Boş versen beceremiyorsun.

Umursamıyormuş gibi davransan da kalbindeki o boşluk dolmuyor artık. Ne giden tarafından ne de gelen.

Kalbinin içindeki o koca boşluğun tarifi yok. Sadece bir gün o boşluğun tarifini yapabilecek kadar zengin olursa kelime haznem, belki o zaman mutlu olacağım.

Sen benim adını koyamadığım hislerimsin. Bense yerime başkasının koyulduğunu fark ettiğim halde sevmeye devam eden lüzumsuzun biri.

Dudaklarımın tek kamp kurmak istediği yerdi elmacıkların.

Uzaklık bazen acıtır. Hem de öyle bir acıtır ki, en yakınındakilerin bile canının acısını dindirecek imkânı olmaz.

Daha çok yorar insanı uzaklık, daha çok parçalar, daha çok kanatır.

Kokusunu bile bilmediğiniz insanı özlemek diye bir şey var. Bilmiyorum bilir misiniz? Yaşadınız mı? Yalnızca fotoğraflarıyla yetindiğiniz günlerde yediniz mi kendinizi? Sesini duyduğunuz an kendinize milli bayram ilan ettiniz mi?

'İnsan hiç görmediği birine böyle hisseder mi ya?' sorusuna defalarca onun adını söyleyerek cevap verdiniz mi mesela?

En lüzumsuz insanları dibimize, bizi anlayacak olan, mutluluğu gerçekten birlikte tadacağımız insanları özellikle uzaklara koyması kadar saçmaydı belki hayat.

Belkileri bir kenara bırakalım. Hayat gerçekten saçmalıktan da ibaret olabiliyor.

Mutluluğun üzerine kurulu bir gezegen değil burası.

Aynı şehri paylaşan, birbirlerini sevmeyi bile başaramayan o kadar insan var ki, uzakta birbirini sevmeyi layığıyla başaran insanların hakkını yiyorlar.

Uzaktan sevmeyi başarabilen insanlar gerçek mutluluğu hak eden insanlardır. Hiç kokusunu bile bilmediğiniz insanın kokusu burnunuzda tüter bazen.

Uzaklık sadece sayılardan ibaretti.
Seni buradan sevmeme engel değildi.
Yanımda olduğunu hissettirmen bana yeterdi.

Sevmek için neden aramamalı insan bence. Birini sevmek için bir neden arayışlarına girerseniz, onu sevmeniz gereken nedeni bile göremeyebilirsiniz.

O yüzden, sevmek için imkânlar yaratın kendi içinizde. Olumsuzlukları bir kenara bırakıp, çözüm yollarına odaklanmalı insan.

Sevdiğin insanla çözüm yolu aramak. Çıkmaza girsen bile, çözüm yolu gibi sevdiğin var. En güzel çözüm yolu yine sevdiğin kişidir.

Çok sıklıkla görülen nedenlerdir, sevilmesi gereken insanların sevilmeleri için gerekli nedenler varken, hayatta en son sevilecek insanları sevmek için nedenler üretilir, imkânlar yaratılır.

Allah sana bir kalp vermiş. Sadece kan pompalaması için değil. İçinde şefkat barındırman için. Sevdiğini taşıyabilmen için. Her nereye gidersen git gerçek aşkı sana pompalaması için.

İçinde Allah aşkı olsa yeterdi,
Bu her şeye bedeldi.

Bir kitabın içindeki olaylara kendinizi dâhil ettiyseniz, orjinal yalnızsınız. En hakikisinden.

Bazen içimizde en büyük yaralar bırakmasına sebebiyet verdiğimiz insanların bize bunu yapmalarına sessiz kalırız. Güçsüzlüğümüzden değil, sevdiğimizden.

Biz kendini seve seve intihar ettiren varlıklarız. Bir kitapta adı geçer, kalbin sıkışır. Belki gözlerin bile dolabilir.

Bir kitapta bile başkasına ait olduğunu öğrendiğiniz insanı daha fazla sevmenize gerek yok.

Belki de mutluluk bir fincan kahve.

Ve bir parça çikolata.

Sen olmasan da olur.

Aşk insana yeni küfürler keşfettirir.
Bunun en büyük kanıtıysa, hiç şüphesiz gidenlerdir...

Sen mutluluğun bize araladığı kapıların hepsini kapattın. En kolayıydı kaçmak. Sen bunu başardın. Ne verilen sözlerin önemi kalır, ne de kurulan cümlelerin.

Gitmek en kolayıdır sevme biçiminin. Önemli olan kalıp mücadele etmektir.

Ve sevdiği için mücadele eden insan üzülmeyi hak etmez. Bu bir erkek de olsa, kadın da olsa üzülmeyi hak etmez.

Gitmek isteyenin bahanesi çok olur bilirsiniz. Kendine uygun olanı seçer ve gider.

Önemli olan şeylerden bir tanesi de gitmek için bahaneler aramak yerine kalmak için sebepler üretmektir. Bunu yapan insan gerçekten seviyordur. Giden insan arkasına bakmaz. Kim olursa olsun, ardında neleri bıraktığının anlamını bilmez. Gitmek basitlik değil miydi? Neden kendini böyle basit kıldın?

Beddua etmek bana göre değil. Bir gün karşına biri çıkacak. Sen de yaşayacaksın çaresizliği. Zaten beni anlamanı beklemiyorum.

Severken çaresiz kalmayı, değer verip değersiz kılındığında anlayacaksın. Çünkü her insan yaşadığında anlar karşındakini.

Sen de anlayacaksın.

Seni hep farklı kıldım kendimde. Hayatımda diğer insanlardan daha farklı, daha özel bir yere sahiptin. Bunu sana anlatmakla geçti ömrümün yarısı.

Ama sen nedense bunu hiçbir zaman anlayamadın. Ya da anlamak istemedin.

Bize farklı olan her şey daha yakın gelir her zaman. Bir kadın mesela, sevdiği adamın diğer adamlardan bir farkı olduğunun hissine varamadığı sürece o adam kadının sevmesi için elinden geleni yapsa da fayda etmez.

Her insan farkını belli etmeli. Kalbinin olduğunu hissettirerek. Sevdiğin kadına kalbin olduğunu hissettir, diğer adamlardan daha farklı kılar seni mesela. Tabii bu en küçük bir örnek.

Cümlelerimi hep daha farklı kurdum. Kelimelerim hep sana özel, hep farklıydı.

Ben seni hep farklı tanıdım, öyle gördüm. Bilmen gereken bir şey var. Aslında bilmen gereken birçok şey var. Ama ben en farklısını, bilmen gereken en önemli şeyi sana söylemek istiyorum.

Farkını yitirmek üzeresin bu kalpte.

Sıradanlaşma.

Sen benim için çok farklısın derdin,
Eminim hayatında en çok sevmediğin bendim.

Sevdiğin zaman en ufak bir kırgınlık bile senden bir parça alıyor, eksiliyormuşsun.

İnsanın en önemli parçasını gelen götürmek için geliyormuş meğer. Bunu gidenin gittiği an o düştüğün boşlukta anlıyorsun.

O boşluktan çıkması da kolay olmuyor. Ne yaparsan yap, eskisi gibi olamıyorsun. Giden gelse de bir ayağın o boşlukta oluyor. Mutlu olman gereken şeylere bile mutlu gözle bakamıyorsun.

Kurduğun hayallere yakışan tek şey oyken, seni o boşluğa ittiği için hayallerine onu yakıştırdığın için yeri gelir tiksinirsin. Belki kızarsın, belki pişman olursun. Ama en güzel hayalleri o yıkmıştır çoktan. Elden hiçbir şey gelmez.

İnsan bazen kendi hisleriyle öyle hale düşüyor ki, ne o anın tarifini yapabiliyor kendine ne de içindeki acıyı anlatacak birini bulabiliyor.

Bir başına, alıp başını kaçıp gidesin gelir bazen yaşadığın şehirden.

Onunla olmuyordu.
Onsuz da olmuyordu.
Olan tek şey olmamasıydı.
Bizde baktık olmuyor, sadece bunu oldurabildik.

Ben yarım bırakılmak istemiyorum artık. Sevildiğim zaman tamamlanmak istiyorum bir kalple. Karşımdaki insanı sevdiğim zaman huzuru tatmak istiyorum.

Hayallerimle oynanmış, duygularım köreltilmiş, hislerim bitirilmiş şekilde ortada bırakılmak istemiyorum. Bunu kimse istemez. Hepimizin isteğidir biraz ama devamlı sevilmek.

Çokta gözümüz yoktur. Bize az ama devamlı sevgi de yeter. Önemli olan bunun devamlılığını getirilmesi.

Gerekirse en güzel hayallerimizi adamasını da biliriz biz. Onlar sevsin, gerisini biz hallederiz.

Yeter ki sevildiğimizi hissedelim.

Biz sevilmeye aç bırakılmış insanlarız. En kötüsü de sevmek istediklerimiz tarafından...

Beni sevmen gerektiğinin farkında mısın?

Yoksa, bunu birilerinin sana hatırlatmasını falan mı bekliyorsun?

Bugüne kadar hiç kimse için, hiçbir şey için yapmadığım şeyleri senin için yaptım. İkimiz için yaptım. Kendimi asla düşünmedim. Genellikle sizde böyle yapmışsınızdır büyük olasılıkla. Çünkü sevgisini içinde hisseden insan öncelik kendi mutluluğundan önce, kendi acısından önce onun mutluluğunu hisseder.

Hiç kimse için yapmadığım fedakârlıklarımın sahibi sendin. Hiçbir gün değerini bildiğini hatırlamıyorum.

Sende beni görmeden sevdim. Tek başıma. Bazen düşünüyorum da beni tek başıma sevmekle sınadığın için teşekkür edesim geliyor sana. Çünkü böyle daha anlamlı sevebilmem için fırsatlar doğmuştur belki bana.

Belki hayatımda olup birlikte bir sevgi alışverişi yaşasaydık seninle, ben sevmenin bu kadar güzel olduğunu anlamayacaktım. Hani sevdiği zaman geçici körlük yaşar ya insan. Geçici unutkanlık yaşar ya...

Belki basitleşecekti sevmek. Böyle daha anlamlı oldu. Tek başıma da olsa sevmeyi başarabildim. Benim vicdanım rahat.

Vicdan yoksunları düşünsün.

Aşk geçici körlüktür.

Etrafında ne olup bittiğinin hiçbir önemi yok. 'Dünyada ne olup bitiyor, insanlar ne yapıyor?' gibisinden şeyleri asla düşünmüyorsun. Yakınındaki insanları görmüyorsun ya da baktığın herkeste onu görüyorsun. Ondan başkasını görmemezlikten gelecek kadar körleşiyorsun.

Aşk geçici bilinç kaybıdır.

Her şeyi unutturur. Kendini bile. Sevdiği zaman benliğini unuttuğun zamanlara şahit oldun mu? Ben oldum. Defalarca.

Benliğimi, gururumu, mutluluğumu yaşantımı unuttum. Hatırladığım tek şey, olup biten onca şeyin ortasında seni severken kendimi bulduğumdu.

Keşke sende biraz bana rastlasaydım. Sen bende her zaman mevcutsun. Azalmadan, eksilmeden. Aksine daha çok içimde çoğalansın!

İyi ki yokken varsın. Allah biliyor içimdeki sevgiyi. Ondan bana olmadığın halde sevdiriyor seni bana.

Tek sana inandım, tek sana güvendim.
Bak dikkat et, "tek" tek sevdim seni ben.
Sensiz.
Dayanır mı buna kalp bilinmez.
Tam umutlarımın ortasında bir yangın.
Ve ben sana yaklaşamıyorum.

Benim en çok alışkın olduğum şeydir
Sevgimi içimde yaşamak.

Bazı özledim içeren cümlelere inanmayın. Çünkü daha çok acı barındırırlar içlerinde.

Eminim özlemenin ne olduğunu bile bilmeyecek kadar cehalet dolusun. Ağzına hiç yakışmıyor.

Senin özlediğin ben değilimdir. Sanmıyorum. Tatmin olmak isteyen egolarındır. Seni, her şeyi bir kenara bırakıp birisinin sevmesidir.

Karşındaki insanın seni severek acı çekmesini izlemeyi özledin. Senin için yapılan fedakârlıkları kimsede göremeyeceğini anladığın için, yeniden sevilmek ve acı çektirmeyi özledin.

Sen özleyemezsin.

Sen özlemek nedir bilmezsin.

Uğradığın her kalpte arayacaksın benim şefkatimi.

Allah kolaylık versin.

Bir zamanlar mesajlarıma cevap verme süresine kadar
Her şeyi düşünen ben,
Şu an numaranı dahi bilmiyorum.
Bakma öyle.
Bunun mimarı sensin.

Sevmek ilaç gibidir.

Bazen ağrı kesici bir ilaç görevi görür. Bazen uyku hapı gibidir. Elbette yan etkileri vardır. Yan etkilerinin olduğu gibi insana kattığı olumlu yönlerde vardır.

Doğru hastaya doğru teşhis konulduğunda bu ilacın alınmasında hiçbir mahsur yoktur. Risk taşıdığını unutmamakta fayda var. Sevilmeyi hak eden, sevmeyi tam anlamıyla başarabilen insanlar, yan etkiye rastlamazlar bu ilaçta. Aksine olumlu yönlerini yaşarlar.

Doğru insanı sevdiğini düşünen insanda tüm olumsuzlukların ağrısını bastırabilir. Kimi insan sevdikçe rahatlar, sevdikçe acılarının geçtiğini fark eder.

Yan etkileri:

Mide bulantısı, pişmanlık, hissizlik, kırgınlık vs vs.

Bir insanı sevdiğiniz için mide bulantısı yaşadığınız muhakkak olmuştur. Bazen öyle insanları sevdiğimi hatırlıyorum ki, sonucu sadece mide bulantısı yarattı. Pişmanlığı zaten bilmeyen yoktur. Başka bir açıdan bakıldığında, pişmanlık barındırır sevmek.

En güzel hislerinizin ölümüne şahit oldunuz mu? Muhakkak oldunuz. İnsanın hisleri bile kendinden uzaklaşabiliyor yanlış insanı sevdiğiniz için.

Ve bazen öyle kırılıyorsun ki severken, bırakın onun bunu fark etmesini kendin bile fark etmiyorsun. Bu da bir geçici körlük.

Bazı ilaçların üstünde "çocukların ulaşamayacağı yerde muhafaza ediniz" yazar. Rast geldiniz mi bilmiyorum.

Yani demem o ki, duygularınızı, sevginizi çoluk çocuğun eline vermeyin. Onlardan uzak yerde muhafaza edin en güzel hislerinizi.

Mutluluk unutulabilir ama acının izi kalır.

Oysa sen,
Hayatın tüm kaygısını yanında unutmak istediğimdin...
Ve sonra en büyük kaygım sen oldun.
Şimdi seni kimin yanında unutayım ben?
Hangi aşkta kandırayım kendimi?

Kapanış

Kapanış yazısı olarak çok önemli bir konuya değinmek istiyorum. Bildiğiniz üzere aç kaldığımız ve hiçbir zaman kendimizi doyuramadığımız şiddet konusu.

Bu ülkede gerçekten kadın olmak çok zor. Çok basit gözle bakılan bu olayda, cidden kadın olmak zor.

Erkek olmakla adam olmak arasında dağlar kadar fark olduğunu idrak etmeleri gerekiyor bazı insanların. İnsan olmayı da unutmayalım. Gerçi bunun tanımı çok basittir. İnsan olmak için vicdanın olması yeterli. Erkekliğin iki bacak arasındaki fazlalık olmadığını, yürekte bittiğini belirtmek isterim.

Kendisine layık bir yürek taşımaktır adam olmak. Kendi ailesine namus bekçiliği yapıp, çevresindeki insanlara gaddarca dehşetler saçan insanların ülkesi burası.

Herkes kız çocuğunu diri diri toprağa gömerken, Kızını omzuna alıp Mekke sokaklarında dolaşan Peygamberin ümmeti olarak, ne ara bu kadar cani, ne ara bu kadar iğrenç, ne ara bu kadar vicdansız olduk? Sormaz mı Peygamberimiz bunun hesabını bize?

Hiçbir kadının evine gelip kocasını dövdüğünü duydunuz mu? Veya hiçbir kadının yemeğin tuzu eksik diye kocasını öldürene kadar dövdüğünü? Üç kadının bir araya gelip bir adama tecavüz ettiğini?

Kadının görevi dayak yemek değildir. Çocuklarına annelik, eşine helallik, evine kadınlık yapmasıdır. Bir erkeğin göreviyse ailesine sahip çıkıp, her şeyden önce aile olduğunun farkında olmasıdır. Bu ülkede kadın sokak hayvanı gibi görülüyor. İkisine de aynı muamele yapılıyor çünkü. Hayvanlar bile dişisine sahip çıkıp korurken, bazılarımız o sokak hayvanlarının taşıdığı yüreğin üçte birini taşımıyor.

Peygamber efendimiz bile söylüyor:

"Kadınlar size Allah'ın emanetidir." diye ve siz bunu bile bile Allah'ın emanetine defalarca ihanet ettiniz.

Allah sormaz mı size? Ama merak etmeyin. Kimsenin ahı kimsede kalmaz. Allah var bilin istedim.

Bugün 20 yaşındaki bir kız arkadaşımız evine gitmek için bindiği minibüste, bir vicdansız tarafından kendisine tecavüze uğramamak için direnir, öldürülür. Hem de hunharca. Bileklerinden kesilmesinden bahsetmiyorum bile.

Defalarca bıçaklanarak, başına levyeyle ölene kadar vurularak. Ve sonra annesi çıkıp; "Kızım çok acı çekmiştir, keşke silahla öldürülseydi." der. Hiç mi yüreği dağılmaz insanın bu cümleden sonra? Şahsen ben dağıldım, gözyaşlarımı tutamadım.

Dinimiz bile Cenneti annelerin ayaklarının altına verirken, sen kadına el kaldırırken defalarca düşün.

Böyle bir şeyi yaparken, senin de bir kadın tarafından meydana getirildiğinin bilincini unutma.

Sokakta gördüğün bir köpeğin bile başını okşa. Okşa ki insan olduğun belli olsun. Çocuğa ve kadına kaldırılan eller, teker teker kırılacak. Bu dünya böyle kalmayacak.

Küçükken Bayram harçlıklarıyla en sevdiği oyuncağı alıp, babasından dayak yiyen bir insanın satırları bunlar. Şiddetin ne olduğunu çok iyi bilirim ben. Bakmayın konuştuğuma. Ama Adalet olan yerde konuşacak bazı diller.

Erkeksin diye istediğin haltı yiyebilme ayeti yok. Ama bazılarınız bu ayeti indirip kafanıza göre din yaşıyorsunuz.

Bir kadınla aynı kaldırımda yürümeye çekinir oldum. Yolumu değiştirir oldum. Kimsenin yüzüne bakamaz oldum. Çünkü ben de bir erkeğim.

Korkar diye ben uzaklaşır oldum.

Bana bile bu utanç kaynağını yansıtan bu olayda, hâlâ bu olaya sebebiyet veren insan görünümlü hayvanların hâlâ nefes almaya nasıl yüzleri var?

Merak konusu. Vicdanı olan herkes bu olayı içinde yaşar. İnsan olmanın tenle, ırkla, milliyetle, dinle hiçbir alakası yok. Vicdanın olması yeterlidir.

Hakkını helal et Özgecan,

Seni onlardan koruyamadık.

Kadına kaldırdığınız elin,
Günü gelince müsait bir yerinize girmesi dileğiyle.

-SON-